蒙丫 著

聚沫物语

天津出版传媒集团

天津人民出版社

图书在版编目（CIP）数据

　　聚沫物语 / 蒙丫著 . —天津：天津人民出版社，
2019.7
　　ISBN 978-7-201-14844-1

　　Ⅰ . ①聚… Ⅱ . ①蒙… Ⅲ . ①散文集 - 中国 - 当代
Ⅳ . ① I267

　　中国版本图书馆 CIP 数据核字（2019）第 116238 号

聚沫物语

JUMO WUYU

蒙丫　著

出　　　版	天津人民出版社
出 版 人	刘　庆
地　　　址	天津市和平区西康路 35 号康岳大厦
邮政编码	300051
邮购电话	（022）23332469
网　　　址	http://www.tjrmcbs.com
电子信箱	reader@tjrmcbs.com
责任编辑	谢仁林
装帧设计	知　库
制版印刷	天津雅泽印刷有限公司
经　　　销	新华书店
开　　　本	880 毫米 ×1230 毫米　1/32
印　　　张	6.75
字　　　数	140 千字
版次印次	2019 年 7 月第 1 版　2019 年 7 月第 1 次印刷
定　　　价	35.00 元

谨以此书献给我挚爱的亲人。

序一
不经意间被触动的心灵

张陇得

戊戌金秋时节，南粤硕果飘香。正好，陕西小老乡蒙丫也给这个收获的季节奉上一枚果实——一部名为《聚沫物语》的散文集。集子里凝聚着她的人生观察和回忆。品读这些清新、真切的文字，深深感到她所记述的生活片段其实已在不经意间打动读者的心灵——这是在作品字里行间可以体味到的感觉。

蒙丫的父母是支援大西北的东北人，她本人生在长在秦地关中，尤其是她的成长地凤翔古城那种耕读传家的氛围，使她好学上进，尤喜诗书。大学毕业后，她在西安有了工作，有了家，但是她不安于这样没有波澜的人生，决心换一种活法。她家先生在一个省级部门做公务员，干得顺风顺水，但面对爱妻的抉择，妻唱夫随地踏上了鹏城这块如火如荼的热土。南下后酸甜苦辣诸味交织的生活，带给蒙丫的不仅是更加丰富的人生阅历，而且促使她更多地观察、体验、反思生活，于是就有了记述这一切的文字。

按说，作者狠心放弃老家优哉游哉的日子，把自己推向一个前景未知的远方，后来的生活应该会像大海行船，肯定不乏波涛汹涌、暴雨狂风，至少会有壮阔的海潮或是灿烂的云霞。但我看了这个集子里面的全部作品，根本没发现什么色彩斑斓、跌宕起伏的生活场景，而那些留在岁月沙滩上的螺壳贝片，却熠熠发光，留在了作者的心田。这恐怕就是作者以"聚沫物语"作为书名的用意吧。著名青年作家辛夷坞曾说过："时间真是一个可怕的东西，它能抚平一切，将心里好的或是坏的痕迹一刀刀刮去，只留下一个面目模糊的疤痕。"然而在作者的心灵里，有些人和事却没有被时间的利刃刮掉。它们之所以清晰、生动地出现在作者的文章中，我想是由于她的心原本那么的平静，就像一泓平静的湖面，哪怕来一阵风，或扔进一颗小小的石子，都会荡起一圈圈涟漪。所以，一个人能够被有些事情触动心灵，不在于那些事情的大小，也不在于岁月的远近，而完全在于这颗心对世间事物的敏感程度。

观览《聚沫物语》，发现书中主要的内容就是两类：一是少儿时代的回忆，二是对生活的观察和感悟。20世纪70年代末出生的蒙丫，她所描述的少儿时代的那些故事，仍然属于那个年代的版本，估计"80后"以前的人读来都会感到熟悉、亲切，甚至自己会融入那些似曾经历过的场景中去。那个年代生活虽然不像现在这样富足，但也绝不是乏味无聊，相反还有一种释放天性、带有野性的乐趣。而这些，将永远消失于以后的世界里。那个已经远离我们的时代和环境，毕竟与艰难二字同行，但任何事情有弊必有利，这相对原始、贫瘠的环境却促进了少年儿童的机智、聪慧和个性的发展，增强了对外部世界的适应能力。不知如今囿于高楼和社区小院，一切都被"现代化、标准化"了的孩子们长大后，还有没有《聚沫物语》文章里所描述的那种趣味盎然的孩提记忆呢？

对于生活的观察和感悟，是这部集子的重点内容。俄国作家伊·爱伦堡说："作家之所以有力，是由于他富有观察力。"从《聚沫物语》中可以看出，生活的场景在蒙丫的眼睛里就是人们随时演出的话剧。无论是职场，还是家庭；无论在街头小店，还是公园影院，都有生动的演出在那里进行。而蒙丫就是一位疏离的参与者和不动声色的观察者。她将人们生活的不易、情感的嬗变、进退的无奈，乃至城市现代人的痛苦与欢乐、抑郁与舒畅、焦虑与沉静、真情与假意……全都纳入观察的范围，并经过思考再现于笔端。这种观察类似于运用"透视远近法"描绘世态人情的"浮世绘"，见微知著，为读者了解都市各色人等的生命状态提供了独特的视角。

蒙丫作品的特色，目光冷静，笔触沉着，除了人性的温情，还有点冷眼看世道的意味。行文之中对炎凉世态常常会来一点嘲讽，对自己的一些"糗事"尤其舍得下笔自谑。这种行笔之风，是作者性格使然，绝无取悦读者之意。《聚沫物语》不少文章的风格新锐，语言节奏明快、跳动，并在一些篇章中运用了意识流等手法，显然是想与传统套路拉开距离。

正如余华评价麦克尤恩时所说，好文犹如刀片，阅读就像

轻轻抚摸刀刃的过程。作为一个新近迈入写作之途的作者，蒙
丫的文学之路尤为值得期待，祝福！

　　（张陇得，系中共宝鸡市委宣传部原常务副部长兼宝鸡日报社社
长，宝鸡作家协会暨《秦岭文学》杂志顾问。）

序二
攒珠聚沫，皆悉人生

五味子

和蒙丫认识是在十多年前的一次征文活动中，那次我忝列评委，而她是作者并获奖。那时她是一个家庭主妇，带着两岁的儿子去领奖，领奖后匆匆而别。

几年后她做了网站编辑，而我恰又在该网站写些专栏，间或断断续续地来往，偶尔见面。不时问问她最近写了啥，她说在写小说，我说好。心想不知她写的小说是什么样子。让她发来看看，她始终没有给我看过。大概是"阿婆还是初笄女，头未梳成不许看"吧。我也理解一个主妇重入职场，未必有时间和精力写东西。

我略知她写的东西在网上经常被采用发表，但她很淡泊，不怎么主动投稿。去年我的书《五味字》的签售会上，她来捧场，匆匆一面，那次她说她也想出一本书了，我想也是时候了。

前不久她联络我，说我算是第一位认可她的文字的师长，想让我写个序言。我想小说我真是不懂，不敢评论，但看到书稿，却不是小说而是一本散文随笔的集子。

翻看书稿，发现她点化了纳兰性德《长相思》词里的句子，变成"山水一程赤子，聒碎乡心梦不成"，并作为她集子的脉络，读来竟然有些沧桑之感。她把回忆、情绪、忧喜烙在笔下，把清欢、悲苦和残情熬成文字，真诚相见，颇为达观。

集子中的文字，也大致以此为基调。童年少年时代的往事、家庭的变故、失去父亲的哀痛和职场的经历、情感的历程以及眼见耳闻的爱情故事，在她的笔下，以疏淡的笔墨写出，不同于职业作家，她的文字是由心而出，有感而发。

我最喜欢的是她写少年时代的那些往事和父母亲情方面的文字，如《功夫》《那些草儿》《那年那月那猫》《我童年的爱心大使》《最后一程》《我的父亲》《父母的邮包》《苦娃》等，就是写自己真实的感情，不矫揉造作，不哗众取宠，无疑，这是写散文随笔的要诀。她的文字文笔细腻、灵动、跳跃，当然也有沉痛和哀伤，寥寥几笔，当时的环境毕现于眼前，这大概是写小说的人来写散文随笔的长处吧！而感情的宣泄也适可而止，给人留下回味的空间。

她擅写青年男女情感纠葛的文字，有些读来似乎就是小说，所以很是生动。人的情感变化和无奈，热烈和激情，苟且和敷衍，在她的笔下，被赤裸裸地揭示出来，无情而直截了当。有些描写非常精彩。如说两个感情不和的夫妻在大停电的夜晚："他和妻子在不到 9 点就无奈地躺在被窝里，像要合葬在一起的人，无声无息。冷漠像黑暗一样蔓延。"有些语句非常精辟，堪称警句，如说男人发型："另一个极端就是大背头，油光水滑，或者烫发的男子，炫出其思想轻浮，审美低劣。"说爱情："爱情，总是像黑暗海面上的渔火，遥不可及而又让人奋不顾身。"书中还有一些对事物观察的感受和思想的片段，也很有可读之处。她的优处是心思细腻，观察和描写的角度不同，叙述的方法不同，所以她的文字自有独特之处，往往出奇制胜，给人以阅读的快感。

　　一晃这十多年里，她"攒"了不少文字，攒珠聚沫，我想就如同是瓷器釉下那些晶莹剔透的细密气泡结晶吧，在被生活灼烧后展现出了知性之美。以上一点浅显的文字，算是我读后的一点体会，序之。

　　（赵依平，笔名五味子，深圳资深文化学者、作家，罗湖区作协主席。）

目录
CONTENTS

一、赤子

二、聒碎

三、梦不成

四、乡心

五、山水一程

一、赤子

也曾
鲜衣怒马少年时
一日看尽长安花

功夫

十三岁的我有一段"从武记"。

那时我的身材像个竹竿，用现在人的眼光来看，应该是个骨感美少女。可妈妈很紧张，强迫我吃遍了县城中各位老名医开的中药汤，不见长肉，就又逼我跑步。每天早上五点半便叫醒我，我常常揉着蒙眬的睡眼在外边梦游一阵就又回家，争分夺秒地睡一分钟是一分钟。直到有个会些功夫的小青年吃了两顿我家饺子后成为我的"师傅"。那时不兴"训练班"什么的，否则这种"一带一"的训练也不知道要值多少饺子了。妈妈为我的"厌食症"花了不少心思，把她的计谋一个个包到饺子里。

师傅有点腼腆和内向，最初吸引我的是他的练功服——红色的线衣和一条黑色的类似喇叭裤的宽大的单裤以及钉子鞋。他告诉我，跑步时不要张嘴或讲话，并教给我跑步时呼吸的方法，这样我跑步就不再觉得两肋抽紧了似的痛，轻松了许多，但我怎么也跑不过他，师傅常跑一阵就停下来边活动边等我。

到了郊外的三里河小桥边就可以停下来了，但也不能坐地休息，要做扩胸运动来调匀呼吸，之后再放松手腕、脚腕和脖子，然后在桥廊上压腿，正压、侧压，是为"拉筋"。师傅和我一道做这些，然后他会打拳，行云流水般煞是好看，这是最吸引我的环节。

如果时间还早，师傅还会教我一些分解动作。至今我还会打八卦掌和十路弹腿，而且还保留着可贵的运动习惯。

到冰天雪地的季节了，我都能在早上五点半从热被窝里像个弹簧似的跳起来，满心欢喜地跑到漆黑户外的广阔天地中，一溜烟地跑到师徒汇合的地方。我注意到天籁中总有微弱的声音在辣动，是种和谐而奇特的声音，星星还是很清晰的，矮矮地挂在天际。

师傅有次见我跑过来就一把抓住我的手，带我用他的速度跑一段，直到我叽喱哇啦地喊"饶命"才松开手。师傅严厉的时候比较多，我在压了几个月腿、"筋拔开了"后，师傅命我双手叉腰，用力踢左右腿，直到像他那样把脚尖踢到脑门上。我因为用力过度而一次次屁股狠狠地摔到地上。师傅没有扶过我，而是用冷冷的眼神告诉我起来再重踢一次。后来我踢到脑门上的不是脚尖而是脚面，师傅说我的腿挺长的，以后可以长高个子。师傅也有他幽默的一面，因我跟他学打拳时头上的帽子常掉在地上，师傅就"帮"我戴着帽子，他头大，帽子小，帽子不掉了，可他的形象颇为滑稽。师傅也有体贴的时候，就是有时帮我搓热我冻僵的小手。

师傅也有感性的时候，一次他讲了许多话——讲功夫的渊源，讲太极宗师清代杨露禅的故事。杨露禅怎样因为体质瘦弱屡受人欺负，怎样"偷拳"，扮成哑巴博同情在师傅家学徒十年未开口说一句话，怎样忠心耿耿地护主，最后终于拥有了本事极高却极少出手的武德。我听妈妈说过初来乍到的师傅因为不是本厂的子弟总有些受人排挤，才矢志练武，练武练到小有名气人却更加随和。那个早晨我仿佛从师傅身上看到现代版的杨露禅，看到他眼中闪烁的刚毅和善良。

后来，我的厌食症不治而愈，每每以极大的食欲扑向家中简朴的饭菜，这带给妈妈极大的舒心和满足。

后来，我果真长了全家三个小孩中最高的个子，还被学校舞蹈队看上，"从武记"变成"从舞记"。

后来，师傅结婚了，对象是他又漂亮又能干的女同事。

转眼十多年过去了，在别人眼中师傅过得并不如意。听说女方因不能生育而师傅极喜欢孩子而自杀，虽被救回却身体变得更糟。师傅后来收养了一个孤女，沉重的家务已经使他变得像个小老头了。

2004 年周星驰的《功夫》热映，片中的猪笼镇高手云集，神乎其神。我的师傅不是什么绝世高手，但是我的师傅绝不"可怜"，因他在我眼中是个有担当、有毅力、有情有义的男人，师傅的生活中一定有可以让他享受的乐趣，也许是妻子的一个饱含深情的目光，也许是孩子一个天真无邪的笑容。也许在她们眼里，师傅就是独自承担着风雨而给了她们一片晴天的大侠。

"风淡云清独自傲，花谢实累众里谦"，这是他有一年贴在门上的对联，横批"大地回春"。八卦掌讲求的"四两拨千斤""化攻为守"在师傅的生活态度中都体现了。

师傅叫刘刚，他不帅。

那些草儿

童年时，我爱和男孩子玩。挖沙子陷阱、爬树、拔人家地里的萝卜、抓蟋蟀……也很怀疑自己是不是雌激素分泌不够而雄性荷尔蒙过量。不是外表上的，而是大脑深处，海马什么的深度紊乱。

印象中有一个黄黄脸、尖下巴、细眼睛的叫孙振宇的男孩子，是我上幼儿园时的玩伴。孙振宇一开始是不搭理我的。我们在学前班的时候是同桌，但在他吃过我偷偷带的好吃的之后，慢慢地把我当成哥们儿了。不要以为孩子的友谊是那么简单，其中的关键是我对他的崇拜。孙振宇有个哥哥叫孙振国，"国"只是国家级别，可弟弟是宇宙级别的哦，那时候有的小孩叫"卫星"，比起宇宙来，真是不值一提。孙振宇跑步总是第一名，原因是他说跑步的时候两只手要"刨风"，把风向后刨去。我甩得手腕痛还是跑不到前面去，但至今还是保持着这样奇特的跑步姿势。孙振宇在被老师打手心的时候从来不哭，他用有点无奈又有点轻蔑的眼神看着老师，正在施暴的老师仿佛失去了"正义"，看上去显得很狼狈。

孙振宇有点"奸"。有一次我们一起去厂里的后城墙玩，那儿是那时候我们小孩子可以跑得最远的地方。有一堵墙前堆了好多土，我们顺着土堆，很容易地爬上那堵墙的墙头，墙的那一头是绿油油的菜地。孙振宇指着菜地说我们跳下去吧，于是我们跳到菜地里抓蜗牛。天色渐晚，我们要回去了，却怎么也爬不上两米多高的墙，我们尝试着用手抠住墙缝，把脚塞到墙缝，可惜，墙是很新很平整的一堵砖墙，没有什么凹凸和立脚点。孙振宇说，你推我上去，然后抓我的脚上来。不愧是孙振宇，就是有办法。可是活脱脱就像《伊索寓言》里骗羊下井又踩着羊上去的坏狐狸，他上去之后就溜了。多年后我仍记得那一刻的惊慌和害怕。我放声大哭着，天渐渐黑了。直到远处的一个锄地的农民大叔丢下锄头，让我踩着他粗壮的手臂攀缘而上。回家后又因为"疯得不知道回家"而被妈妈"胖揍"一顿。

第二天，我见到孙振宇，眼睛都红了，扑上去使劲地咬他，好像是在手臂的位置。他不哭也不说话，也不把手缩回去，显得很大方很无所畏惧、很有气质地让我咬了那一口，我的气也就消了，没有在多年后演绎成什么"一次爬墙引发的血案"。这件事没有影响我们的友谊，我们仍然是同桌，仍然放学走在一起，仍然一起捉弄别的孩子。

一次我上课吃果丹皮，前面座的王建伟看见了，要挟说要告老师，孙振宇替我掩饰说，她吃的是纸，吃纸可以长高个子的。说着他还真的撕下一点纸角塞到嘴巴里嚼。我也点头说是。

王建伟真的上当了，为了长个子，我们几乎每天都看见他在嚼纸。终于有一天，被老师瞥见，老师很严厉地责问他在吃什么零食？他满嘴是纸，含混不清地说："是……是纸……""什么，屎？"老师快疯掉了，而全班的同学更是笑得翻了天。

王建伟大眼睛，大脑袋，走路撇着八字脚，手无缚鸡之力的样子，浑身还有一股味儿。他家有一只老黑猫，绿眼睛，阴森森的。我们把他身上的味儿叫"猫味儿"。可能是在我意识到自己并不是孙振宇最有价值的朋友之后，我开始和王建伟一起集糖纸了。我们每天放学先是去工人的宿舍楼下面捡糖纸，各自回去洗干净，贴到窗玻璃上晾干，干了之后夹到一本厚点的书里，然后第二天带到班上，大家互相欣赏。我总是能捡到更漂亮一点儿稀罕一点儿的糖纸，我洗的时候更小心，不让它们褪色。我甚至还从姐姐那里弄到了几张崭新的、从未包装过的糖纸……它们总是不断地使王建伟的大眼睛闪过艳羡之色。终于有一天，他向我讨我的糖纸，我当然是不给。后来他要买，还掏出了几毛钱的"巨款"。我就把每页书夹的糖纸都标上价格，最贵的居然有 8 分钱一张的。那时候，一毛钱可以买 10 个杂拌糖或者 6 个话梅糖或者 4 个蜂蜜软糖。我"赚"了钱就去买糖吃，又把糖纸卖给王建伟。周而复始了很久，这个骗人游戏才收摊。

三年级的时候，我的同桌叫赵勇。眉清目秀，却有个难听的外号叫"赵大蛆"。因为他真的就像个软体动物一样，不停地在椅子上蠕动；一会儿脱鞋研究他的脚丫子，一会儿又好像身上有跳蚤似的晃来晃去。字写得也像软体动物，又大又软又难看。因为他写字的时候总是趴在桌子上，造成我们最大的冲突：边境问题。

三年级的时候课业很重，我们的班主任老师好像要离婚了，在那期间她总是布置我们抄课文，然后自己蒸发得不知所终。批改作业也是由各组的小组长代劳。由于作业太多了，没老师监督的教室里也只有"沙沙"的写字声。我们这些无辜的羔羊就像春蚕啃桑叶一样伏案劳作。我总是被赵勇挤，字写得没那么快了。被他侵犯到忍无可忍时我会给他一肘，他回我一肘。我睚眦必报地给他两肘。他很气愤地重新界定"三八线"的位置，往我这边偏了点，还用钢笔在新线上挤了很多黑墨水，意思不言而喻。我没空和他争，继续写着作业，但头脑子里一直有那条线。放学了，我听见赵勇哭了起来。原来他自己用袖子把桌上的黑墨水擦得干干净净。他还归咎于我，哭哭啼啼地跑去我家告状。等我回到家后却发现他坐在我家炉灶旁边津津有味地看我妈烙葱油饼。我放下书包，准备写作业。妈妈一边看着烙饼，手里还切着一条白萝卜，准备拌凉菜。看赵勇还粘在那里不走，就切了块萝卜给他吃。赵勇更不走了，看着我妈烙完一堆饼。我妈又切了饼给他吃，问好吃吗，他说，嗯。最后走的时候，还顺手拿了块削下来的萝卜皮放在嘴里嘎嘣嘎嘣地嚼，说这东西也好吃。

前几年，妈妈对我说，还记得赵勇吗，现在在北京一家酒店当厨师，不少挣钱呢。我说，他当厨师不新鲜，记得他围着咱家炉灶看你烙饼吗，那是潜质啊。

上了初中，我学习也算中上，却喜欢和那些学习不怎么好的男生在一起打打闹闹。留着假小子的短发，穿着哥哥肥大的黄军装。下了晚自习，跑去食堂混宵夜吃。那时候我有两个好朋友，一个叫丛云翔，一个叫许志亮。我总是吃他们买的馒头夹辣酱，那就如同现在的汉堡包一样的美味。我总是吃他们的，一次还恼了，用夹了辣酱的馒头打了他们一身，他们也不会小心眼地和我翻脸。夏夜，总是和他们一起抓蟋蟀，因为我家养了鸡，抓蟋蟀是我晚上跑出去玩的借口。三个人一起抓，没说的，一会儿就抓了一大瓶。放在一边，我们就借着路灯打扑克牌，谁输了，就再去抓五只来。一次，许志亮神神秘秘地对我说，喂，你快当我大嫂了。我说，你欠揍啊？他说真的，丛云翔喜欢你！我说了一堆脏话，但又开始等着人家告白。心想，等他向我告白的时候我要怎样揍他几拳几脚，而事情却不了了之，没了下文，让我有些悻悻和怅然。

后来，我上了高中。丛云翔、许志亮他们上技工学校，当了工人，还留在我们成长的工厂里。大学，让我彻底离开故乡。这些年，总是听到工厂破产、厂长贪污和工厂要被收购等支离破碎的信息。

故草萋萋，故乡总是让人一望再望，而真正隔着万水千山的却是那些"故人"了，他们在哪里啊，他们还好吗？他们都老了吗？这是我心底萦绕的一缕问候。

那年那月那猫

　　老白是寄养在我家的一只两岁半的大白猫，胆小、温顺。又因为是自小娇生惯养的"宠"物，所以要记得常摸摸它，和它说话以及给它梳毛，否则它会叫。而它的叫声是那么娇滴滴，让人联想起撒娇的女孩。对了，老白做过绝育手术，中性的老白不需要男朋友或女朋友，更不会撕心裂肺地叫春和离家出走。

　　老白的到来让我想起小时候养过的一只小黄猫。

　　小黄猫是我十几岁时候的生日礼物，老爸从外地让人捎给我这个惊喜。初次见面，它就把我咬得手指流血，因为我手上拿着一块卤猪肝正准备喂它，还没来得及弯腰，才两个月大的小黄就一蹿老高咬住食物和我的手指。我当时不知道猫也会携带狂犬病病毒，所以并没有打针，只是挤挤伤口的血而已，此后更是无数次被它挠伤。狂犬病的潜伏期是二十年吗？还好，过去了！

　　由此证明，小黄是多么的野、馋。我妈辛辛苦苦地把猪肝剁碎和米饭拌在一起喂它，它竟有本事只吃猪肝而剩下半碗白白的米饭。我常忍着不吃酸甜的两毛四一包的杏肉和两毛七一包的鱼干片，而把零用钱全用来买了卤猪肝。每次买五毛钱的，胖大婶称也不称，直接划拉一块给我。小时候长得白净，人家以为我贫血，买到的猪肝总是物超所值。最后如数落入猫腹。

小黄有个缺点，就像是人的统感系统有残疾似的，每次上完猫屎盆，总是笨手笨脚地把粪便粘在腿上或尾巴上，所以它方便完我妈就要用刷子蘸点洗衣粉洗它，洗了那么多次，每次它还是一副面临世界末日的样子，拼命地挣扎，宁死不屈。

而对于我，小黄就是小黄，喜欢它耍赖地抱住我的腿不松爪，喜欢它发出的呼噜噜声，喜欢它玩自己尾巴的憨态，喜欢它在我写作业时跳上桌子好奇地拨拉我手中的钢笔。

可是小黄被我妈给卖了，卖给附近一个倒"富强粉"的农户。富强粉是当时我们那里一种不太好买到的稍白一点的面粉。听说他一次在给我家送富强粉的时候看到了活泼可爱的小黄，用一袋面的价格买走了小黄。

我的反应当然是气愤、伤心，可是妈说我是"玩物丧志"。她总是爱给我扣一些大帽子，例如"五谷不分""四体不勤"什么的。而我反击她是懒得剁猫食，懒得给猫洗澡，要不就是为了钱。我常想念我的小黄，我知道它再没可能吃到猪肝——人家买它的主要原因是家里囤积了太多的粮食而要它去逮老鼠的，再也不会有人给它洗澡了，它也不可能舒服地躺在暖气旁大伸懒腰了。想象小黄被卖之后的待遇无非就是脖子上拴着绳子，浑身沾满泥垢，面前一只糊满嘎巴的空饭碗，叫人觉得这猫爪里再拿一根打狗棍就应景了。

我还设想过活泼聪明的小黄也有可能无师自通地成为捕鼠专家，"因跳梁大喊，断其喉，尽其肉，乃去"的那种。后而娶妻生子，数只小小黄在它跟前打滚，小黄成为成熟的小黄。

总之，小黄不再。眼前的这只老白，其实人家主人给它起了很好听的名字，惠儿。可我还是叫它老白，习惯用"大、小、老"来作昵称，例如儿子小名就叫"大宝"。该去看看老白了，睡觉前，它总要和我玩一会儿。

我童年的爱心大使

　　我的童年是在20世纪80年代的一个工厂大院里度过的，并不是个乡下孩子的我，养过鸭子、鸡、猫、狗、鸽子、青蛙、乌龟、金鱼和会吐丝结茧的蚕。最难忘的却是一对小鸭子。

　　它们是一对，母的纯黑叫"小黑"，公的杂色叫"小花"。我们那里是旱地，少见鸭子。当时还是小学生的我在集市上见到卖小鸭雏的，稀罕得不得了，闹着一定要，妈妈不肯。在所有纠缠无果后，我气愤地自己走了几华里路回家找相对好说话的爸爸。后来记得是爸爸在暮色中用自行车载我去了集市，买了一对回来。

　　我家住一楼，临街的楼有花坛，种些树，万年青围着篱笆墙。这里是我御封的"后花园"，小鸭子们的宝地。我常在写作业写累了时甩甩发酸的手腕，朝窗外抬抬眼，望望它们散步。小黑常不甘寂寞地叫叫，小花叫不出什么声音，也没什么主见，小黑走哪里它也去哪里，绝对跟班。它们在花坛里走远了，我会唤几声，小黑不理，自顾自地越走越远，这时小花常善解人意地望望窗户这边的小主人，叫叫小黑。到我喂食时，小黑总是聪明地跑在最前面，并更大声地叫着，仿佛是在诉说它的委屈和肚子的抗议。食盆一放到地上，它立刻霸住，一个脚还搭在盆边，其实小花的风度极好，从不去挤小黑，自己先在一边喝点水，用眼睛亲亲热热地盯着小黑，等小黑吃饱或吃到歇口气儿。我常常又爱又恨地打小黑一下，可它的毛病从来没改过。

小花也有欺负小黑的时候，它常常笨拙地试图用蹼（就是它的脚）踩在小黑的脊背上，小黑常常会闪躲，让小花摔一个跟跄。我当然也会为小黑主持公道，呵斥小花。但是妈妈告诉我这是正常现象，是公鸭子为母鸭子"踩蛋"呢。小黑快下蛋了？我仿佛已经吃到了香喷喷的煮咸鸭蛋。

可是我没吃到小黑生的蛋。

小花忽然死了，是吃到什么有毒的东西被毒死的。

小黑从此绝食了。我想到所有小黑爱吃的东西，西红柿拌白糖、新鲜菜，甚至肉。可是它的表情始终坚决而凄凉，它小小的头转向另一边——原来的它是多么馋！开始它总是焦躁地呼唤它失去的伙伴或者是"爱人"。后来它不管刮风下雨都站在后花园里发呆，固执得像化石……它不理解死亡。

我会惟妙惟肖地模仿鸭子叫，那次小黑听到我学小花的叫声，疯了一样大声地回应，声音是形容不出的凄惨。我抱住瘦得很轻的它哭了起来，活下去呀！活下去呀！

生机寥寥的小黑最终也死了，却是被爸爸杀死的。瘦得几乎只剩一把骨头的小黑被做成了菜。我气愤之极摔了盘子，那次，我没有挨揍。可能大人们也吃不下它。

鸡鸭鹅，一道菜。而小黑这只母鸭子小小的身躯中蕴藏的东西却足以让人消化不良。

它们不是鸳鸯，它们只是普通的旱鸭子。

最卑微的生命也是生命，最朴素的情感是最让人肃然起敬的情感。

小黑的聪明、顽皮、刚烈、忠贞在它只活了几个月的生命里熠熠闪烁，并时时唤醒我对弱小生命的尊重、良知与爱。

现在城市的街头夜市上常有那种被染得红红绿绿的小鸡、小鸭子，用笼子装着，吸引着孩子们的目光。不知道会发生什么样的故事点缀在孩子们的童年，铭刻在孩子纯洁的心里。拜托用心照料这些小生命，好吗？

红蜻蜓的翅膀

　　日子过得平静，就会涌动满满的"朝花夕拾"的心情。回忆，不仅是因为变老，也是电脑的资料库定时格式化似的：爱想的不断被想起，不爱想的就被清理，合理内存。

　　小时候，我被马蜂蜇过。不知道怎的，马蜂竟飞入我的袖子里，手臂上被咬了一个火辣辣疼的大红包。姐姐带着我跑到马路边拔了株叫"马齿苋"的野草，揉成一团敷在伤处，立即清凉了很多。那个下午，姐姐就没自己去玩，而是陪着我坐在"道牙子"上，教我认识野草：马齿苋是一种，还有车前草，是治疗肾炎的；灰灰菜，是喂鸡的，人也可以吃，但叶子背面如果是紫红色的，就不能吃，吃了脸会肿……

　　我好像多灾多难，大概5岁的时候，还被从房顶泼下来的热沥青烫伤，而对面站的一个叫孙振宇的男孩却安然无恙。我的手、脚烫了，幸运的是头、脸都没事，头发因为粘了沥青而被剃光。我记得妈妈从邻居家要了很多乌龟的壳。邻居家因为结婚多年没有孩子，听信了偏方经常吃龟。每晚他家杀龟就像黄金档的节目，总有人围着看。如今，乌龟的壳被妈妈焙过研成黑色的粉末，调了香油涂在我手脚的伤口上。我记得妈妈在我烫伤期间出奇地爱干净，水泥的地面总是拖了又拖，怕有灰尘感染到我。我也尝到了香蕉的味道，是那年代稀罕的东西。

不知道怎的，我 6 岁时又得了肾炎，不记得有什么不舒服，就是一次又一次坐在爸爸借来的自行车后座光顾医院，再提着一个个药袋回去煎出黑油油的汤喝。有时候刚咽下汤药就又吐掉，就要再熬一遍药渣，再喝一遍。吃中药，真煎熬人。但是记得一次妈妈在医院哭了，好像是我的化验单上还有什么不好的"+"。无奈换了个大夫，这大夫很特别，不给我吃奇苦的药。药方里多了很多山楂、麦芽之类的助消化药。还记得大夫给我在背上"捏脊"，很痛，但是我真的很快好起来了。妈妈感激地总是端着一盆饺子往大夫家跑，还差点把我指配给那大夫家当儿媳妇。后来他家的大小子送我一个日记本，吓得我死活不要。哈哈，那小子也才八九岁。我觉得最奇特的是大夫治病的理论：小孩子不会有什么病，只要能吃饭，有了抵抗力，能有啥子病！这个道理至今我都觉得是真理，中医擅长的是"治未病"，是找到"病根儿"，是一种大智慧。那位可敬的大夫姓朱，是四川人。

小的时候由于生病可以得到大人额外的呵护，所以不当那是件苦差事。也从来没有惧怕过喝苦药、打针。有时候还艳羡生病的同学在课间操时间请假去打针，到上课时间才在全体同学的注目礼下一瘸一拐地回到座位。可惜我上了学后就没怎么病过了。

　　再有一条小路，能悄悄走近你吗？我的童年？或许回忆就是一部时光机，任我在珍爱的记忆中穿梭；或许掠过的、盘旋在其中的正是爱，像红蜻蜓的翅膀，点过水面，激起一圈圈涟漪。

鬼话连篇

老妈的内心深处，是相信这世界有鬼的，姥姥是虔诚的基督教徒，而她不是，她觉得没有神的世界也就罢了，如果连鬼都没有，那可怎么忍受！细数一下经常出现在我童年睡前故事中的"鬼"，是我们童年怕得要死却还要听的故事，是老妈身上最神秘的地方，是统治孩子们的灵丹妙药。

黑白鬼

小孩总是贪玩，晚上也不肯早早上床，于是老妈的"鬼故事"时间就开始了，我跟着哥姐赶紧地钻被窝，一个个裹着被子凝神静气地听她讲。一次她说在姥爷去世后的那几天，姥姥悲痛欲绝，到了夜晚也不睡觉，独自在房中哭泣，喃喃自语道，我也跟着死了吧！我也跟着死了吧！忽然看到镜子里有一黑一白两位，姥姥吓坏了，立即跪下祷告，良久才敢抬头，一黑一白两位已经撤了，上帝和阎王谈判成功。妈说这个故事是告诫我们晚上的时间是不属于我们的，小孩必须早点上床睡觉。

老友鬼

妈说，爸有个同事是几十年的好友，老友急病去世了，爸跟车去市里的火葬场送行。我们那儿的小县城距离市郊很远，爸回来已经是后半夜了。妈说，爸回来倒头就睡，疲倦极了。而她就辗转反侧睡不着，朦胧中听到有人敲家里的窗户玻璃（那时候我们都住平房）喊我爸的名字。我妈听出是那位老友的声音，忙推爸起来，还说×××找你！×××找你！而我爸依旧呼呼大睡。老妈忽然反应过来，×××不是已经死了吗？一股寒意让她出了满身冷汗，拽着被子一动不敢动。后来妈说幸亏没叫醒爸，不然爸也没了。老妈，你确定自己不是在做梦啊？

门帘鬼

刚从哈尔滨搬迁到陕西凤翔那山沟沟里，妈说那时的人连皮鞋都没见过。那时厂里给搭的简易房，我不清楚他们怎么过的，好像是没床板，就把卧室房门拆卸下来当床板，门上就挂个帘子。妈说她半夜起夜开了灯的，完事刚要关灯就发现门帘在动，不是那种风吹的动，而是从上到下波浪状的动（妈啊，你的词汇咋这么丰富），我妈喝道，谁！门帘的波动静止了一下，马上又动起来。我妈吓得头皮发麻，但是这怎么能难倒要强的她，她说她立即想起老人说的，扫床的扫把是辟邪的，老妈把扫把用力掷过去……不可思议的事情发生了，立刻风平浪静。我和哥哥都说是不是"黄皮子"（黄鼠狼）闹的？于是老妈后来讲第二遍的时候先强调了一下，那天发生这事儿的前提是门窗都关得好好的。我现在还仿佛看到自己在被窝里用力裹着被子，眼睛、瞳孔都放大的样子。老妈呀，你确定你是关好门窗的吗？我可是记得你丢三落四的！

溺死鬼

我妈是哈尔滨人，松花江、太阳岛都是我妈心里最美的回忆。妈说江里原来是有鲑鱼的，从西伯利亚逆流回来产子，但是跟苏联交恶之后，苏联在海里搞了电网（这工程够大），鲑鱼都没了。妈说鲑鱼是穷人吃的鱼，因为不用油，蒸蒸放点盐就很好吃。妈说这话的样子看起来很馋，可是她一转眼正色道松花江水是很馋的。开始我没听懂，接着妈说，因为这江每年都要吞没很多人命。有人是投江的，有人是失足的，有人……嘿嘿。老妈的闲白结束，正文开始：传说在松花江畔一大早一个卖菜的卖完了菜，在江边洗菜筐、秤盘上的泥，他淘洗完了筐又涮秤盘，一个不小心，秤砣随着秤杆骨碌碌掉到江水里去了，可是旋即又浮了上来，在水上漂着，那卖菜的正急着要去捡起，被身后一老者喝止："别捡！秤砣哪能浮起来？！"那卖菜的赶紧缩回来，结果秤砣咕咚又沉下去了。

妈还说，她当年高考失利，想不开跑去江边坐着（那年头很多人考不上大学就投河），就看到江边熙熙攘攘很多人挤着，以为有啥事儿，再定睛一看，那些人都没腿，吓得她撒丫子就跑，心想没考上大学算啥？还有很多路可以走呢，最重要的是要有腿！已经上初中的姐姐学过生理卫生课了，反驳她说，你是不是自己坐久了低血糖起来头晕眼花啊？

打墙鬼

这个故事是我妈初中时和一个女孩子的友谊。妈跟一个叫"胡雅洁"之类名字的女孩关系非常的好，经常你住我家，我住你家，我们女孩子小时候不都这样吗？可以跟闺蜜一起学习，一起通宵谈论某个男生。胡雅洁没妈，只有个父亲，是扛大个的（搬运工）。我妈那晚就去找胡雅洁，那段时间是考试阶段，两个人约着一起复习。天蒙蒙黑了，我妈说怎么走都找不到她家，怎么找都找不到，兜兜转转几个小时最后天都黑透了，只好非常郁闷地回去了。第二天，胡雅洁也没来上课，过了几天，胡雅洁也没考试，后来她就再没上学，有说她是休学上班了。很久很久以后，我妈从别人口中得知原来胡雅洁是上吊自杀了，而她算了日子正是许久找不到她家门户的那晚。哎，不就是迷个路吗，也搞得这么神秘兮兮。

八一鬼

妈说他们初中的时候有人早恋，我才知道早恋原来代代有，只是一代更比一代早。有个女生（不好看，家里有钱，正好跟我妈相反的情况，以我对我妈的了解这话有点主观）喜欢一个外号叫"小八一"的男生，小八一是个体育尖子（喜欢身体棒的男生一直都是人类本能的繁衍需求）。小八一好像是在游泳时救了人而牺牲了自己的生命，全校在操场上给他开追悼会，那个喜欢他的女生不停地哭，拿着手帕拭泪。忽然一股子旋风刮起，把女孩子手里的手帕刮走，在操场上空打转。哈尔滨流传着"旋风旋风你是鬼，三把镰刀砍你的腿"的民谣，因此学生们都惊慌失措，有机灵的就大声喊，小八一来了！小八一来了！小八一要她的手帕来了！我的眼前仿佛看到了这半空中的一幕，一个脸上挂满泪痕的女孩仰着脸迷惘地看着天空，看着无解的苍穹和命运。

胆小鬼

胆小鬼是我。我一直到上高中了还不敢独自一人睡，后来嫁人嫁得早，也跟老妈不无关系。但我不怪她。老妈 8 岁丧父，姥姥信奉的是"嫁汉嫁汉穿衣吃饭"这套理论，笃定要再嫁人。继父自然是不爱拖油瓶的，老妈自小就经常为索要学费、一支铅笔半块橡皮等事由在地上打滚。鬼怪之于老妈，也许不是迷信，而是对另一个世界的想象，告慰着她那个时期里凄苦无助的心灵。

床下有人

　　正午的阳光灿烂地照在20世纪80年代一个工厂大院的职工操场上，一排斑驳的篮球架几乎没有影子，几隅崭新的排球网紧实而笔直地绷住姿势，角落里还有一些水泥砌的乒乓球案子，操场中央有高大的水泥杆一字排开，可以架起露天电影的幕布。

　　一个10岁左右的小姑娘飞快跑过操场，她双手甩动，嘴角紧抿，脸蛋通红。倏尔她身体前倾得厉害了，极累了，这一路跑过来，腿明显捣换不动了，但她仍然蹦跳了几步，才停下来大口地喘气，双手抵住生疼的两肋。

　　她从同学家的床底下钻出来，就一口气跑出了这么远。

　　其实这些是多年后记忆回放的模拟，她更清楚记得的是同学家床底下的场景：整洁摆放的物件井井有条，垂下来的漂亮床单把她和那些物件遮挡起来。不像她自己家的床底下乱了套；各季的鞋子，不用的盆子、纸箱塞得满满，灰尘满布，绝没有这样一隅可供躲藏之地。老妈不爱拾掇屋子，还有囤积癖，吃剩下的各种形状的馒头、饼子从来不扔，一律晒干，塞床底下盒子里，去乡下喂给几条她认识的流浪狗。

她妈这个东北女人，经常粗声大气地呵斥孩子们，也容易跟邻居或者同事或者路人甲什么的吵吵起来，脸红脖子粗地飚出很多污言秽语，眼睛瞪得铜铃那么大。这一幕太过深刻，成为"家丑"的代名词。以致她后来一度只愿意同"小眼睛"的人建立紧密关系，小眼睛的闺蜜、小眼睛的男友……

爸爸也在同厂上班，但是带着她哥在别处另住。她不记得从多大起就知道"离婚"这个词，在那个离婚率极低的年代。什么是离婚？就是当别人跟你吵架的时候会用来怼你的词儿，而且百怼百胜；是能让老妈无数次发飙暴走吵架升级为暴力事件的词儿。是……在同学家玩，忽然间人家大人的脚步声响起，她就必须躲起来的词儿。

另外就是，她学会了快速地跑。中午扒几口饭就一溜烟飞奔到爸爸和哥哥的住处。他们经常吃的是食堂打来的熘土豆片、熘白菜肉片。不知道是食堂里的饭有异常的吸引力还是这样就仿佛没有分离过。吃毕，她又快速地奔回。

那天她在同学家床下待了不知道多久，正在昏昏欲睡中被轻轻唤醒，说，可以啦，你现在可以走啦！于是她钻出来，猫着腰蹑手蹑脚地走出门，才撒欢似的地奔起来，她平时练就的跑步技能让她轻易地穿越了大半个这容纳两千多人工厂的职工生活区。

但是以后她沮丧地发现，自己仿佛无数次回到原点，又回到床底下。面临着同样的窘迫、压抑和不知道该去恨谁还是恨自己的心情，动弹不得。白素贞至少是做了错事，人妖殊途被镇在雷峰塔下。而她，又做错了什么？

　　无数次她在睡梦中梦见自己奔跑的背影，仿佛被未知的恐惧追逐，她身心俱疲，跑到崩溃的边缘。究竟是什么力量开启了这床单的一角，是什么力量推她入彀？在这片暗夜中，似乎无人能解开。

你是什么动物

莫泊桑说：其实我们每个人在人的长相中都有几分动物的模样，仿佛是打上的原始种族的烙印，有多少人长得一副哈巴狗的嘴脸，或者山羊、兔子、狐狸、牛马的相貌！

我对此话感了兴趣，便时常在镜子面前仔细地端详自己。因为太过熟悉太过习惯自己的容貌，怎么也找不到前世遗留的端倪。

最近却有了其他的途径去印证这句话。

一次在家乐福买菜，排着长队等候买单。轮到前面的那一对夫妻，只见他们从购物车里拿出的货品，一件，两件，三件，几乎全部都是肉！有梅肉五六盒，三文鱼两盒，大堆的腌制好的牛排，速冻的鸡翅膀，大袋肉丸……只看见了一小袋精选生菜，看来也只是给肉垫垫盘子了。我和老公很八卦地面面相觑，开始猜测人家是不是开餐厅的，马上又否认了。你见过哪家餐厅这样进货，赔死啊。再看看我家的购物车里：一种，两种，三种，几乎全部是蔬菜和水果：有深受我们全家喜爱的芹菜，有拌凉菜用的黄豆芽、黄瓜，烹炒用的水笋、土豆、莲藕、青椒，有豆制品——豆腐干和豆腐丝。水果买了大袋的冰糖橘和大把的香蕉。我对水果是贪得无厌的。最后只有一样是荤的：斩好的大骨头，煲汤用的。拎出这件我嘘了口气，我们全家不是"吃素"的。

再看前面买单的那对中年夫妻，庞大的身形，突出的小腹和白白红红的脸色。而我们家人的脸上果然都有菜色。还有我穿着厚厚的毛衣外套，人家穿得都很单薄。这下明白为什么了：人体就像一个火炉子，还不时浇点油进去，火自然烧得旺旺的。而我只烧草皮树根，难怪温度低。这时老公的眼神里也有了对我的嗔怪之意，怪我把他喂得不好：30 多岁的人了，连点肚子也没有！

而我的思想已经飘到莫泊桑老人家那里去了：到此明白人类可能真的有动物的前世，而且还分食草动物和食肉动物。推着购物车下地库拿车，又看见刚才那对夫妻开车驶过，本能地望了一眼人家的车牌号：人家是仕途路线的，哪像我们当牛做马的打工族。

我悲观地坐在车上想，这是宇宙法则吗？前生人家是肉食动物，管理着草原的草食动物，控制着草食动物的数量，维护着生态平衡。这辈子，人家还是管理着我们……

最后，我总算找到了心理安慰：哼！肉食者鄙！血脂还高。

松鼠骚乱

一天儿子问我，妈，你最不喜欢的小动物是什么？

我逗他说，还用问？当然是你。

儿子气愤，难道我还不如一只松鼠？

我连忙改口说，对了，对了，我最讨厌松鼠！

事情是这样的，儿子前几年在花鸟鱼虫市场看中了一只小松鼠，黑黑的圆豆豆眼，背上五条道道，尾巴上翘而蓬松。虽然不是我们小时候记忆里童话书上写的红松鼠，但看它机灵地用细细尖尖的小爪捧着食物吃的样子也是蛮可爱的。我并不怎么真心想买，猛砍价。最后用实惠的价格买到了松鼠，老板还赠送了一个大笼子。

儿子欢天喜地，我却不怎么开心，因为照顾松鼠的任务非我莫属了。我每天喂它新鲜的玉米，切块的苹果，要每天换干净的水给它喝，还要经常清洗鼠笼。每当我拖着沉重的购物袋往家赶时，就会想起里面还有松鼠专用玉米和松鼠专用苹果。

甚至消毒水也比原来用得费。而松鼠回报我们的就是和刚见到它的时候一样，心安理得地捧着东西大嚼特嚼，并且一点悟性都没有地把粪便拉到自己喝水的杯子里，和猪没有什么区别。那时候CCTV少儿频道中有个公益广告，就是一个小朋友把自己养的小松鼠放归大自然的小故事，我旁敲侧击了儿子几次，都被他明确拒绝了。前几天有点阴雨，儿子还找了条小时候穿过的毛背心盖到松鼠笼子上，怕风吹感冒了他的宝贝。

松鼠很快就运用它几千万年遗传下来的适应本能，把小毛背心拽下一部分，自己钻进去，变成了吊床，过得优哉游哉的。可是不留意间，就是这个笼顶的毛背心，被松鼠拽来扯去的，竟把笼顶和侧壁的扣子拽松了，于是一天，我发现松鼠失踪了。因为是养在阳台的，我第一个想法就是松鼠跳楼了。因为我之前也有一次把两只肥硕勇猛的肉蟹养在阳台，最后不知道它们如何侧身挤过我家的防盗网，英勇地把满腔膏黄摔在那29层之遥的1楼水泥地上。我们找到了它们的"遗骸"，还默哀了一会儿，心想，我想让你们多活几天呢，怎么就这么想不开？

正当我为不用洗鼠笼，不用买玉米而优哉地躺在沙发上高兴时，忽然从沙发背后"吱"一声窜出一个东西，跳得老高，又嗖一下不见了。我趴下来，在沙发下看见了：松鼠。

第一个念头就是它毕竟是"鼠"类啊，很脏，要赶快捉住。我转身去戴上塑胶手套，一点点靠近它，嘴里还嘀咕着，以缓和它的情绪。谁知差一毫米的时候，人家轻巧地闪开，并不躲远，心理素质好着呢，就离你再远几毫米就是了。几次三番都触不到它，我急了，挪开沙发，松鼠却又轻巧地"刺溜"到了卧室。

卧室！！！我急眼了，怨自己怎么不知道把卧室的门关上呢？我进入卧室，关上门，这时候，抓松鼠已经变得很严肃。我扫视了一遍，松鼠一定是在床下了。我取了扫把去撵它，根本撵不出来。我一狠心，爆发蛮力把床垫掀起来靠墙侧放，这下松鼠就完全暴露了，它在床架下审时度势，看我过来了，才三蹦两蹦到了卧室门口，这回它发现入口已经关闭，当然，难道还要这个浑身长毛的小坏蛋去糟蹋我儿子的房间和我的厨房吗？我伸出两手一个箭步上前，终于抓到松鼠了！哎呀，哎呀，我还没来得及高兴，手就被狠狠地咬了！我摘下手套，隔着厚厚的胶皮手套，手指已经有了一个紫印。这死松鼠咬完我之后一蹦老高，像李安拍的《卧虎藏龙》中的章子怡，蹿到窗帘上，牢牢拽着，我被气晕了头，想都没想，也跳上窗台飘窗，去抖窗帘，呼一下，松鼠冲着我的面门飞来——真的用飞的！它把我的脸当成受力点，又往入口逃窜。我的脑门火辣辣的疼，我也顾不上，又跳到门口堵它。它的小细爪和它天天啃玉米的嘴巴我不敢小看了，但我还是再次去抓，并且好像下定了被咬也不撒手的决心。但这次只抓住了它的尾巴，我还来不及做下个动作，我的手里就只有半截尾巴了——松鼠跟壁虎一样连尾巴都可以不要了！

我不敢再抓它了，躺在沙发上，眼泪也流出来了，身体直抖，手摸了下脑门，有一点点血。

晚上，老公回来收拾残局，我要他戴手套，他说不用，进去看了一下，拿了一个我们平时捞鱼的网进去，一分钟都没到就拎着松鼠出来了。我看见他拎的是松鼠颈后的位置，我怎么就没想到呢！儿子这回对放生松鼠没什么意见了，松鼠被流放到小区附近的花园里。

接着是开车一家医院一家医院地找能打狂犬疫苗的，打听了好久据说疾控中心可以打，那个时候打疫苗的还不是很多吧。路不熟，没找到，最后跑到老远的医院打了针，回来已经半夜。一共要打5针，200块钱。这笔账50+200元，我是记到松鼠头上了。那时候还没有免费的GPS软件，因为这次找医院不方便，老公又买了导航，花了1200块，又记到松鼠头上。

说完这段往事，儿子说，可怜的松鼠。

我晕……难道不是我更可怜吗？忽然想起来的是，附近花园里一直有许多凶猛的野猫。

喧嚣时代里的傻孩子

　　新年的假期，我学会了跟儿子一起欣赏音乐。

　　去年他就要我买一个耳机，晚上有时戴着耳机就睡着了，这大半年他积攒了不少好听的歌单，直到假期里，我们才有时间一起听。

　　他的歌单分列清楚明晰，基本上都是纯音乐。他先给我推荐了不怎么知名的《Staring At My Journey》，是纯音乐。

　　原先我喜欢旋律优美和谱词讲究的歌曲，例如方文山的歌曲。但我现在觉得真正优美的纯音乐才是值得收藏的、百听不厌的极品。文字和音乐的通感使得辞藻限制了乐曲，变得狭隘。听纯音乐是你在用精神与心灵触摸作者的精神和心灵，你仿佛可以触摸到作者的思想、情感、胸襟、人格，甚至他的灵魂。看到他呕心沥血和用你的灵魂去诉说。

　　但这首《Staring At My Journey》让我产生了强烈的场景感——骑士披着盔甲正气地行进在一片东欧寒冷的松林中，目光穿过空气里升腾的水汽和袅娜的烟雾，高高的寒松顶端映射着日光，鹿消失在溪流深处，我的脚轻轻踩过积累的树叶，朝着想象中你模糊的笑容奔来。

儿子又叫我听的《Heart of courage》是专辑《Legend》里的，曲调沧桑开阔，徐徐的节奏，舒缓地敲击心田，给人以苍凉旷远之感，乐章激荡起更加深沉和饱满的情绪，直至虚无。心中莫名的使命感暗自涌动：当黑暗将我们淹没，所有的光明都已逝去，那不屈的嘶吼和永不低头的信念使我们迎难而上，无人可挡！

接着是经典曲目——《加勒比海盗》片尾曲《End credits》，这激情澎湃的音乐仿佛立即要我们去远航，去乘风破浪！船长，风帆挂好了——出发！右满舵，航速二十节！我们的目标是，大梅沙！

然后是马克西姆的《克罗地亚狂想曲》。这个男人的演奏会我们去看过，他有着东欧男人的俊秀脸庞和上下翻飞无比魔性的双手，是世界上弹钢琴最快的人。这曲子一般是他的开场或压轴曲目，极具"燃"性。

曲风简洁，远远近近的是钢琴明快的节奏，奔腾如涌。你可以听到愤怒和抗争，你可以听到急切和追赶，你可以听到信心和热情，你可以听到正义……整个乐章自然而完整，感情充沛，酣畅而有力度。鼓膜分明受到多个维度的震撼，这种饱满的立体感，让你有多个层面的回味，有伤感、有沉思、有奋进。被战火硝烟扫荡过的国度，嗅觉里满是毁灭和死亡的气息，人们奔走着，慰藉着，期待着。

　　这时有一位未冕之王站出，吟唱道：长夜将至，我从今开始守望，至死方休。我将不娶妻，不封地，不生子；我将不戴宝冠，不争荣宠；我将尽忠职守，生死于斯。我是黑暗中的利剑，长城中的守卫；我是抵御寒冷的烈焰，破晓时分的光线，唤醒死者的号角，守护王国的铁卫。我将生命与荣耀献给守夜人，今夜如此，夜夜皆然！

　　这就是纯音乐的魅力。它赋予我们不屈的灵魂，让我们驾驭自己的命运；同时鞭答着懦弱、胆怯与迷茫，激荡着生存与成长。我的心情就像滚水冲浸下的茶叶，因热力而恢复了茶的生命和味道；前尘往事、不甘、屈辱、泪水、未成的梦一一浮现，又轻轻沉入杯底，犹如无奈地放下。儿子的总结是：有时候听这个曲子让我看到身边的狗，都想骑着它去战场……

　　我说，对呀！你的战场就是学校！

　　儿子说，睡觉吧！

画画这世界

说起画画，我总想起这样一个画面：一位稍显丰腴的妇女抱着一个哭泣的小女孩，两三岁的样子，那孩子不知什么事没有随了心思而哭泣不已。妇女不停地叨咕着什么，抱着她在不大的屋里转来转去，试图转移她的执念，直到她们停留在一个墙上挂着的月历牌前，哭声戛然而止。几十年过去了，那个怀中的小女孩也为人妻母，可是她清晰地记得那个月历牌上，绿绿的草地上站立着一只鲜活的小鹿。黄色的身子上有许多橙色的圆点，修长的脖子上系着鲜红的蝴蝶结，小鹿侧身而立，大眼睛里带着点调皮，一只腿略微抬起，仿佛就要转身跑掉。

那孩子是我，当时我的执念又转移到那月历牌上，于是月历牌不能再被挂着了，我时刻拿着，睡觉还要放在枕边。这大概就是我最早的关于"美"的启蒙或者是复苏。大约四五岁的时候，妈妈给我订了《小朋友》读物，大概一个月寄来一本，我最期待的是书中间的两三页彩色插页，可以拆下来，折叠，做成小儿书，百看不厌。

但自从上学起到大学毕业，再到结婚生子，似乎我就没有跟画画打过什么交道。也曾梦想过学习服装设计，但是"美"和"术"距离我那么遥远，并不是我可以触及的。似乎只有学一门能糊口的技术，选一个好找工作的专业才现实，长大的我已经很容易放下执念。

等我的儿子两三岁时，他已经拥有很多彩铅、蜡笔、水彩笔，各种画纸画具，他也认识很多颜色，包括中间色和同色的不同深浅色号。他可以任性地在墙上画，于是我让他去"美化"客厅里最大的一面墙壁。不解的人会觉得那是一面混乱、肮脏的墙面，是我们溺爱孩子的铁证，但我知道对于儿子来说，那面墙是他一手创造的童话世界，里面有无限多他想象出的故事，有大长腿的奥特曼，英俊的迪迦，有愚蠢而丑陋的怪兽，还有他认识的所有昆虫，还有经常来捣蛋的小熊，随着故事的发展，墙被画得越来越满。那时我有好多年在家不工作，和这个"混世魔王"一起混的日子成为我最喜欢回忆的一段时光。

儿子去幼儿园时，我常去附近的文具批发市场逛。一次在最深处的一个小摊位上看到手绘鞋子。白色的网球鞋子上面画着好看的图案，都是手绘的，还有一个女孩子在埋头画着，我就一直凑在跟前看。只见她用的不是普通的水彩，稀释颜色也有特殊的稀释剂，还有她手里的笔也不是普通的笔而是鸭嘴笔，一道道在鞋子上勾画着，看似简单，却是落笔无悔。我看了一个下午，第二天又去看。女孩子笑笑说，你喜欢画画？我说我好像也可以画，她说那你可以在我这试试，你画一双，我给你十五元。我欣喜若狂地答应了。从她那儿拿了两双干净的白鞋，画指定的图案。她又告诉了我去哪儿买颜料、稀释剂和笔。

回到家，我关上书房的门废寝忘食地画着，先用铅笔淡淡地勾出画的轮廓，然后调好颜色，再用鸭嘴笔侧着蘸上颜料，勾线，再涂色。第一次在两双鞋上画的都是几米风格的女孩子，淡雅的色调，唯美的画风，这种鞋子卖得很好。画好之后晾干再用电吹风吹干透，用橡皮擦掉铅笔印就算完工。最难的就是使用鸭嘴笔的力度要恰到好处以及线条勾勒要果断，稍一停留就会抖了线，不好看，而鞋子是有弧度的，运笔能放能收线条才匀，这需要在旧布上反复练习。

我很快就交货了，女孩子笑笑，指出我的一些小瑕疵，但她还算满意，给了我工钱，又让我拿几双照旧画同样的图案。这一次我却推辞了，我想自己画。

首先我准备给亲朋好友们都画一双。我先打电话问了人家的鞋码，然后估摸着对方喜欢的图案，画好了再给邮过去。我批发了一大箱子白球鞋，慢慢揣摩各种风格的画，国画的意境，油画的质感，卡通的色彩都让我心生欢喜，重要的是我不是画着玩的哟，鞋子总是可以穿的。后来发现，画在衣服上更容易些，最后发展到只要看到块"空地"——纯色的衣服，就将其当成我的试验田，就像儿子那面墙似的，手绘让我停不下来。

儿子成了我的代言，他穿着画着海绵宝宝的白球鞋，托马斯欢乐小火车图案 T 恤和点缀了喜羊羊的裤子去上幼儿园，老师和同学家长都纷纷成了我的粉丝，排着队等我画，画笔仿佛挖开一条通往童年的快乐隧道。还有一个朋友是做国际贸易的，她和我的共同点是爱猫，于是我在鞋子上画了一对猫给她。猫的眼睛最难画，我为了能画出活灵活现的"猫眼"，反复地在旧布上实验和揣摩，终于画出点灵气。朋友收到后爱不释"脚"，一次她穿着我画的鞋子和客户视频，居然被眼尖的老外客户看中了她的鞋子，要她脱下仔细端详，还要订货。朋友问我可不可以量产？我说量产是啥概念？她说至少2000双以上了！那时候的我吓得瞪大眼睛马上回绝了：不可能，我的鞋都是独一无二的，我绝不可能重复2000次。

后来很多人都问我为啥不开个网店？因为我一直懒散，万事随心。擅长做的更像是"无用"之事……是的，手绘只是我的业余爱好，关乎天赋，但更关乎这是我跟社会重新建立沟通的方式，我能借此项爱好跟朋友们联络，又交了更多的朋友，带来一种美好的际遇，比所有的生意都要伟大。

画画可以养性情，可以涤烦恼，迎静气，其本质是"美"的。美是感情的，不是知识的，是欣赏的，不是实用的。我觉得绘画就是人类表达丰沛感情的产物，我们的祖先围坐在火堆旁，饱食兽肉后，总会有一个擅长用炭火条在岩壁上涂涂画画的人来帮助大家驱除长夜、描绘场景。带着爱，存形于画，可帮助我们超越现实而求安慰于理想境界。

学轮滑记

    轮滑是我新近的减压方式。奇怪的是我不喜欢妇女同志们通常喜欢的项目：肚皮舞健美操、瑜伽等。轮滑给了我一定的速度。耳边有"唰唰"的风声，是感觉自由的享受，滑的时候，什么都不想又或者什么都可以想。但一个熟人的忽然招呼就会让我吓一跳并且摔倒，像一只太专注的傻菜鸟。

    学轮滑是因为儿子。给他买了轮滑鞋却一直唤不起他的兴趣，原因是他的畏难心理。我身先士卒，也买了全套：鞋、护膝、护肘和头盔。于是，在一个黄昏，我们俩跟跟跄跄地开始了轮滑无师自通课。呵呵，和摔跤课似的，但摔跤也是种好玩的经历，如果是"狗啃屎"姿势还不怕，因为有护膝和护肘。最怕的是屁股着地，妈呀真疼。猜想，人原来是有尾巴的，原始人为了学走路而摔断了。我们经常在失去平衡向后倒去的时候拼命地挥舞双臂，企图换个姿势再倒下，于是，那一刻成了最搞笑的时刻，我们嘲笑着彼此，忘却自己前一刻摔下去的可笑样子和疼痛。往往是笑对方摔了，却赔上自己也摔倒。摔着摔着，我们就不怎么容易摔倒了。大概是熟悉了鞋子，鞋子也熟悉了我们。想当年卖油翁老先生不知道把多少油糟蹋了，才有了那手绝活和那句："唯手熟耳"的名句。

这是我的风格，我的急于求成的学习方式。玩轮滑的时候我总是想起小时候学骑自行车的经历。十一二岁的时候，家里没有自行车，我只能借别人的车学。在闷热的大中午，趁别人都在睡觉时，去同学家门前推了没锁的车，在操场上遛弯。那是辆 26 寸的小车，很方便上车，也学会了把握方向和刹车，蹬车是有脚就会的，坏就坏在我不会"下车"，于是，我经常在想"下贼船"的时候惊慌失措地摔倒，摔破裤子，擦破手掌。记得一次摔得太痛了，我蹲着，捂住流血的膝盖低低地哭了起来。哭完了，悻悻地把车给同学推回去，第二天照样去骑。

对运动方面实在没什么悟性的我，总趁着自己怀着对某个项目极大的热情时一蹴而就。因为极大的热情让我沉浸在笨鸟也可以飞的喜悦中，孤独地体会着喜悦，不断地重复着这种喜悦，把"技巧"变成熟悉的本能，牢牢地篆刻在细胞里，这也是玩的一种境界吧。

与其说是我陪儿子玩轮滑，不如说是他陪我玩，所幸是他陪着我，让"妈妈学轮滑"在熟人眼里看上去只是有点卡通，却并不另类。

二、聒碎

深海汹涌沉沦
思念旦暮未歇

青春是些仓促的片段

　　那些街巷，楼宇的编数，就怎么也记不起，消失的爱无论再怎么盛大也只是给了你一些细微的回忆。例如某种气味，一种生活中改不掉的习惯，一个片段，一句有意义没意义的歌词。

　　房间很小，窗帘是自己缝的，上面满是紫色的小花和蓝色叶子。窗外有棵树，它满满地把树枝横亘在人的面前；窗子便无法完全推开。远处是一片待沽的空地，仿佛超脱了拥挤的格局而单独存在。

　　不远处有个海星超市，超市里除了普通生活用品，还有一些舶来品。我在那里买了一只厚实的法国杯子，后来又买了一只凑成了一对，因为贵，不舍得一次买下来，杯子的质感装饰着我朴实的小书桌子。夏天时候喝水像饮牛一样，不用它。而冬天冻猫似的我伏案时总是要喝一杯杯的热水，慢慢地抿着，还要用来暖手，书桌上摆着大镜子，一边看书一边看自己。

　　偶尔门"吱"的一声响，我便小鸟似的欢声而起，还有时候是邻居的猫拜访我。

　　去楼下买羊血饸饹吃，还要有豆腐和香菜或者是绿豆凉粉、粳糕、汉中米皮子、小米稀饭。最好是拽了他，每样都要，剩下的有他呢。

　　有时候两只手牵在一起，包里装着书，迎着早上的朝阳和清冷的空气，情绪饱满而坚定地走着，完全不知道面前的路是注定有分岔的。

　　多年后，风吹过这个瘦而沉默的男人的衬衣，他侧着脸，带着一副不经意的样子。另一边的你，目光无须顾忌，穿越人海、车流和红绿色交通灯。游乐园的喧嚣成为默片，四季一瞬间摩天轮般循环反复，你看见挂在他睫毛上的雪花还来不及翩然落下，就兀自消失。

吻痕

　　他是双子座男人，星座书上说这类男人有两个大脑，思维转换得像风一样快，也是无情无义的典范。她不相信这些，但是她确实不喜欢他和她在一起时他还是会看别的女人。最生气的是，她是丰满型的女人，而他瞄的都是高瘦的"排骨精"。

　　她假装会跟他一起评论别的女人的相貌打扮，但是心里是翻江倒海的不舒服，甚至咬破嘴唇，扼腕顿足，忍无可忍。

　　她努力在镜子面前审视着自己，挑剔着自己。终于明白，其实这跟自己是不是漂亮无关，跟人性的灰暗面有关。

　　一次在亲热的时候，她用力地吻着他的脖子，直到留下一个紫色的吻痕。他笑着，解释说这是"机械性紫斑"，专业的说法是皮下微血管在遇到强大吸力时的破裂出血。她的报复心终于得到一丝慰藉，不管他再怎样乐此不疲地转动脖子去瞄别的女人，这痕迹都会随之转动，像一枚徽章。

　　第二天他打电话给她，说同事笑话他的吻痕，并严肃地说，以后不许这样了。但是他没想到的是，她的态度竟是出乎意料的"不可理喻"。两个人因此开始冷战。

他不解地问自己，问她：我到底说错了什么？

一番波折后，两人停止了互相折磨，表面上已经和好如初。他脖子上的吻痕渐渐消退不见了；而她又开始心乱如麻。她知道，他的"轻微皮下出血"已经痊愈，而她的心底还汩汩地流血不止。

幻悦

　　他是万人敬仰的才子，已经蜚声国内外。他用艺术与美学的幌子给商品进行浑身散发着欲望气息的包装，集邮大牌，交换欲望。他在这一路上阅尽风光，名利双收。

　　几年前她第一次见到他时，他正在喋喋不休地说他所得的奖。他说得很熟练，像是说过一百多次，后来她得知他一直对所有"说话"的环节都会反复排练。这习惯来源于他曾经是个天生的结巴，可是他竟完全克服掉了，不留一丝痕迹。

　　唯一的痕迹就是不放松，甚至用力过猛显出斧凿和表演痕迹。他像很多中年危机的精英一样定期打美容针，他的发型是流行的 undercut，他穿紧身的牛仔裤，搭配内增高的皮鞋，他内心时时刻刻都在戒备，"年轻帅气""男神范儿"成了他出场的标配。

　　他在世人眼里是真的好看。他的眉毛漆黑如黛，大眼睛既深邃又多情。鼻子是那种相书上所说的"悬胆"鼻，山根端秀，准头丰满，"消瘦"与"有肉"在一个区间分布得极其科学、标准。他有一个欧米伽式的下巴，也叫"屁股"下巴，就是下巴中间有个凹槽，这种印记一般只出现在俊男美女的脸上。

因缘聚合，认识几年后她被他招至麾下，他描绘着前景，毫不掩饰对名利的追逐，眼里有光。他说他们可以同路，去看尽这世间的繁华。

他的勤奋感染着她，他们时常一起探讨、创作、奔波，殚精竭虑地工作。她工作认真细致，时常与他争论，他时时沉默，像是听进去了一部分，又像是在蓄力反击，他如此骄傲，鲜少被违背。

一次出差，深夜他喝醉，她也喝了不少，但还保持清醒，费尽力气搬运他到车上，又搬他回酒店房间，帮他脱了鞋子，掖了被角刚要走，却被起了征服之心的他拽住，他将她压在身下，狂吻着。

她惊慌并用力抵抗，他颓然地松开手……他出师未捷，她起身跑掉。对于他的求欢，她毫无预见，并思考工作的去留。最后她强力说服自己，这只是一次"事故"，并不是他的本意，只是酒精的祸患。

第二天两个人见面，他极度尴尬并且极力掩饰，第一次看上去不那么自恋。忙乱了一天之后，疲惫不堪的她回到房间，对着镜子打量自己，抚摸自己倔强的脸颊，碰触昨晚的印记。

之后一段时间里，他都没再逾矩。似乎他真的觉得自己错了，对她说话的声音都温柔了很多。偶尔会发温暖关怀的短信给她，其余的日子他依旧每日辛苦劳作，多半就孤身宿在工作室。

她开始觊觎他。低头偷看他铺陈在稿纸上的手掌，他的手厚实多肉，不同于他的身形，那是一双匠人般的粗笨的手，是比的他身份地位更吸引她的所在。他走下遥远的神坛，以一个男人的身份缓缓朝她走过来。

再出行，他不由分说地帮她拿行李，刻意去点她喜欢吃的东西，强势地要她多吃。她帮他拍照时，却看到他眼里闪烁的柔光。她外刚内柔的壳在一点点碎裂，在一切貌似被动的静静容纳和接受之下暗流澎湃。

又一次他们出差，又一次酒后，又一次她搀扶着他回到酒店。这一次他们心照不宣。他耳语说"我想要你"，她不屑于欲擒故纵的把戏，甚至不屑于道德与世俗的一切枷锁。于是她颔首点头，在压抑了许久的期待与幻想里，他们释放袒露的孤寂，屈从着本能，渴求而贪婪。她在之后仓皇地逃走，不能心安理得地待在他身边。

她不知道怎样表达自己内心的欢愉，只是默默地欣喜，像嘴巴里藏了一颗糖，偷偷地，反复地在唇齿间玩味，却从不动声响。糖慢慢地融化，渗透着、滋养着她的精神，她的四肢百骸。同时，她就像偷偷收了一大笔钱一样努力地忘我地工作，努力扮演那个"志同道合"的她。

她以为他们的"故事"都是在奔波的路途中，可有一次她去他办公室，他忽然求欢。外面还有随时要敲门或者不敲门而入的人，楼下还有他必须接见的、四五十个来参观的学生，他全然不顾，任性得可以。她像鱼儿一样想溜走，他继续贴着她，裹挟着她进入他的"密室"。他办公室旁的卧室，通常是关着门，神秘无比的领地，里面的一切都是顶级的设计，窗外是大片的野生林木。那里是她从来未曾涉足的、他最私隐的领地。

他轻轻地把她放在宽大的床上，他在她耳边呢喃，你知道你有多好吗？你是多么不可比拟……

他对她说每一个不曾起舞的日子都是对生命的辜负，他说世界上最遥远的距离不是生与死，而是我就站在你面前，你却不知道我的心……

如果故事就一直这样多好。世事已经艰难，互相慰藉的身体因为爱意已经绽放微许熙光，仿佛赤足在丛林探险，奇香而硕大的花蕾上站立着青鸟和交喙鸟在同声歌唱，满目的奇花异草，青葱的苔藓，细嫩的绿茵，巨大的白鸟展翅在身边掠过，奇幻丛林的向阳地带里矗立着风姿英俊，让人一顾倾心的阿多尼斯——

直到她鬼使神差地发了微信给他：我爱你。他从此变得静悄悄的，哑了声响。另一边的她无比懊悔，戳破窗纸的行为像要攻城略地，主动臣服的弱鸡更显出没有策略的鲁莽。他从不关心弱鸡——那种柔软得跟蜉蝣一样的生物。

她的内心极度失衡，奋不顾身只换来临近深渊的凝望，蓦然回望，只有一团漆黑，并没有出路。事情终归还是沿着这类事故的脉络发生、发展了下去。

感情的最终结果是一种理性。她仿佛忽然孤独地置身于末世的街头，或置身于渔火尽灭的黑暗海上。接下来发生的一系列的事情更为不堪，他珍爱多年精心维护打造的几根翎毛，比想象中的更为无情，她失去了一切依傍，哪怕只是记忆的依傍。

　　如果长了痈疖，最好的办法就是忍痛戳破，从而根除；她安慰自己说使你疼痛的病灶并不可怕，致命的是悄无声息的病。病态感情中的双方尤其害怕审视彼此最初的心意，如果只是视对方为猎物，是对生命的贬低和浪费。

　　最后的他如约在咖啡馆见她。他表达得既伤心又无奈，她想象着他的"话术"已经不知打了多久的腹稿并多次操练或者使用。她拒绝了他提出的金钱补偿，她不是刻意让故事显得好看一些，她只是又恢复成了那个冷静的她。她恨自己错付，恨自己抽离得太晚，以至于黏了血肉进去。如今她要做的正确事情是起身，一个有距离感的微笑，体面地告别，后会无期。

　　事情如潮水迅速退却，起身离开，在彼此肉身表面没有留下一丝痕迹，只是幻世中多少泡沫这样涌起，破碎了又甦生。

束河印象

在清晨微雨的巷子里，微凸的青石随着巷深蔓延，两边造型质朴的古典建筑还在沉睡，空气到这里已经变化，赐予肺内更多的氧气。步履轻盈，推开一扇风，吱呀一声，抵达院内乾坤；小池，附石，睡莲三两片，一只轻巧的雨蛙坐在上面冥想。大盆栽绕着水边错落，是些稀松平常的植物，木本的，茎叶的，藤的，蔓的。难得的是它们已生长成自有的生态和格局，焕发，蓬勃。

时空赐予感情珍贵的质地和故事背景，走进去，鲜红的蜻蜓低低地掠过，或追随着脚步，或降落在竹质晾衣竿上抖动薄雾般的双翼。踩着狭窄的经过无数次修葺的木质楼梯，走进彼此的故事里。

推开窗棂，伴着飘动的窗纱，远远近近的，是院墙，是别的院落瓦片铺就的房顶；雕兽、飞鸟的屋檐和沿着排水槽行走的猫，猫走得缓慢踟躇，显得格外忐忑。下意识地摸摸发鬓，怕是已高高梳起，斜斜地插着精巧的玉簪和芳香的茶花。那发簪只是在黄昏时分才佩戴，带着被时间和情感冲刷之后的温润和神秘。

他，骨骼修长，发丝飘逸，眼神温和，笑容暖熙，以遗世独立的姿态，携带乐器行走。时而他进门，放下乐器，就像放下沉沉的心事；他端详着她的憔悴，似乎已等待了千年，他轻轻地摘下那枚莫须有的玉簪，簪子瞬间化作涓涓清流渗入历史的尘埃。

在露天的集市里挑选野葡萄，极甜软糯的杏子和多汁的桃。沿着垂柳旁边的水渠走，丈把宽的水渠里是纤长整齐的水草在跳舞，当地人叫它"水性杨花"，而心里宁愿它是时空错落在徐志摩眼中那康桥下"柔波里的水草"，是 PS 后"软泥上的青荇"。

在偏僻的小店里看到角落里的雕花木版，雕的是茶花和蝴蝶青鸟，笔触细腻优美，而因为沉重就不必去问价了，对于喜欢的东西，要或者不要又有什么关系。佛书说，凡是喜爱的，前世必有因由。邂逅于心，沉着笃定，告别并愉悦前行。

这一段的街市靠近了村落，有马匹的味道，路面的石子变得稀疏，最后是土路，始终有银杏的叶子，灌木中有一簇簇花椒的果实，远处高大的樱桃树里挤满了馋嘴喜欢甜食的长尾尖喙鸟儿，这样的旅行也像品味甜食。

他喜欢在清晨这样的街道和空气里跑步，会换上最简单样式的球鞋。他经历独特，但所言所行不浮夸，保有自我且与世俗很好地融合，人生观是开阔而坚定的。他喘息着，说再见。

饮食男女

第一次约会，他带她去她家附近的一家餐厅吃饭。他很忐忑，因为远处的怕她不去。那时刚好是饭点儿，餐厅里人满为患。他灵机一动问服务员有没有包间？服务员说，有，不过限最低消费200元。他不悦地说，200块哪里够呢。于是他们坐在雅致清静的包间里，气氛不错。他觉得他们之间仿佛又近了一步，都可以单独在一起了。席间，他殷勤地为她舀上专门点给女人喝的乌鸡汤，用"公筷"专业地为她挑出据说是鱼身上最鲜美的一块"鱼脸肉"奉上。偶尔用自己的筷子夹过去的菜也被没留神的女人吃掉，他暗自高兴。

印象深刻的还有一次吃饭，那时他们已经交往了一段时间了，懒洋洋的他和女人手牵手去吃西餐。牛扒有点硬，他光火地要把经理叫过来，让经理去磨磨刀叉。女人息事宁人，帮他把牛扒切成一小块一小块的，他才嘟嘟囔囔地吃掉。买单的时候，他神经质地把账单看了一遍又一遍。女人等得不耐烦，拿出自己的钱包要买单，他瞪了她一眼制止，接着问服务员，今天有没有打折啊？

　　印象中第三次，时间有点紧张，他们只是准备简单地吃个麦当劳。目的地到了，男人对正欲下车的女人说不要下去了，他去打包，因为这里的停车费很贵！他没留意女人的眼睛瞪得很大。只见他狡猾地打个临时停靠灯，轧着路边黄线停下，并说这里没摄像头。他买了汉堡包回来，两个人无语，刚欲吃，男人又抱怨说牛肉饼越来越薄了，说你不是正在减肥吗？说着贪婪地看着女人手中的汉堡。女人把夹的肉饼匀给了他，他刚要大口咬下巨无霸一样厚度的汉堡，忽听车门"乒"的一声，女人下车扬长而去。

　　男人很生气，觉得女人很矫情，形式主义！

　　女人很委屈，一边走一边想，人生若只初相见……

长发男子

少有这样的男子喜欢蓄点长发，洗得柔柔的，发丝在眉间有一点。整个人灵动了许多，增添了俊美。

韩国的男艺人有很多长发的，但不仅过度包装，而且有性别错置的嫌疑，缺乏自然和艺术感。

中国男子大多短发，从上学开始吧，头皮开始泛青，寸头，碎发，还有方方的生硬的板寸，甚至《越狱》里风靡一时的光头，均有攻击的意味，都是难看的发型。还有另一个极端就是大背头，油光水滑，或者烫发的男子，炫出其思想轻浮，审美低劣。

而那少数发丝轻柔的男子，鬓角、脖子后面也是修剪过的层次，不厚重，不是日本人刀斧正出来的那种生硬的整齐划一。他们发色自然，味道清新，会经常用手从额前向后将过，虽然发丝复又滑落。但手臂举落之际，可以看到他们眼眸清冽，从容镇定。

　　这样的男子是有艺术气质的，他们通常勤快，因为审美的问题，所以会自己动手，我认为这是他们最性感的地方。即使头发花白，也可以保有这种气质。代表人物是老牛仔伍德——《廊桥遗梦》的主演，一个像豹子一样灵敏、自然、本色、有力的男子。

　　这样的头发不能油腻，一旦油腻，一切尽失。

　　有这样头发的男人，也绝不能肥胖。

爱如少年

《圣经》里说，爱是持久的忍耐，认为真正持久的爱能接受一切失望、一切失败、一切背叛，甚至能接受一种悲哀的事实。要认清，爱只是简单的相伴。

诸位，这种价值观正确吗？正确。但这种爱仅存于父母子女之间，别期待你的另一半像你父母一样，长久接受你的丑、你的花心和你的愚蠢。

一个任性女孩哭诉男友的种种鸡毛蒜皮：忘了他们的"大日子"，回家越来越晚，话越来越少……每一句的结尾都拽着："你原来不是这样！"排比出她的哀怨与无辜。

女孩没意识到两件事情：首先男孩不是你的爸爸，会持久不变地爱你；其次，聪明的女孩都会让对方不断地重新爱上她（不要搞错，这个追加保险金是用在自己身上的），而从来不是指望用昨天吃的饭来扛住今天的饿。

今天不爱你，跟昨天爱你没逻辑关联，能对你的背影永远热望并永远待你如初的只有你的父母。没安全感的人爱嚷嚷，其实"肥皂泡"是最不禁戳的。为啥没安全感呢？还不是你心里有秤，一头放着自己的自尊，另一头放着自己的市价砝码。

说起来残酷，可如果两个人的爱情活到婚姻里头再保驾护航几年，建立起以孩子为中心的中国人传统家庭生活模式，稳定系数会大大增加。很多人都是这么过来的，功成名就似的晒着一家三口或四口的合影。

现代社会以婚姻制度来强化爱的持久，长期关系的建立必定是为了"要继续下去"而咽下了很多非爱的元素。将沙子揉碎在眼底式的"目下无尘"不得不说是一种与"自我"与"我执"的搏斗，这个过程艰辛而又漫长，存在于婚姻，不适用于爱情。

值得赞美的仍然是少年式的爱，纵身于那份悸动而冲动、任性而放任的情感，造就那种不谙世事的纯粹与美。

燃烧是有代价的，少年维特对生命、对社会、对山河自然都有着强烈的情感，大树的阴凉让他欢喜雀跃，大树遭砍让他伤心欲绝，强烈的情感消耗掉他的生命，深情不寿，最后举枪自尽。

有的人身上永远有少年感，譬如许巍、朴树、周迅。岁月怎么荼毒，唯不见油腻。不是衬衣多白、球鞋多脏、碳水摄入维持近似青春期的嶙峋，它来自灵魂深处的固执天真，不被市井荼毒。他们的感情萎去得很快，一日都不能拖延。他们口中，听不到"你原来怎样"。有些话，一开口，便已跌入尘埃。

有的人仍然终生只会这么一种爱的方式。

不问归期

经典的棉花糖实验告诉我们，延迟享受是成功的最重要因素之一。但是，万事有例外，爱情就不是如此。压抑着不去品尝两情相悦的甜美，这份甜美也许很快就会过期。

我更喜欢《灵魂摆渡之黄泉》里孟婆三七对于长生的爱情。情窦初生时三七说：只是我见你生得好看，闻着香甜，便心里欢喜。你若多来一时，我便多欢喜一时。情到浓时长生说：我这副身子给你，你是吃，还是不吃？情断时，三七说：唯愿他好。三七喜欢长生毫不掩饰，毫无套路，就追着他。她能把肉麻的话说得自然妥帖，甚至感天动地，惹得旁人说道，哪个说你是憨货？我看你太会撩！因为三七的人设就是那么一个"原生态、无污染"的女孩，她是一张白纸，不谙世事，但是字字真情流露，毫无违饰。

三七之深情做到了不惧生，不惧死，不惧离分。也因而换得情郎长生为她千年的等候和八百里曼珠沙华花海的情根深种。

如果三七是常看咪蒙推文的现代女性，研读过例如《爱老公只有七分的女人，容易幸福》《男人的智商就是女生最好的春药》《要争男人，没心机没谋略就是死路一条》等"干货"，明白抢男人，尤其是抢优质的男人，那真是技术活，基本上和当一个政客所需的能力一样，需要有谋略，演技佳，能忍耐，那么三七也许不会整日花痴一样丝毫不掩饰自己看长生的眼神，丝毫不掩饰对长生的"食欲"，而是会制定一套"作战方针"，像蜘蛛精一样布下天罗地网，步步为营。如此这般，何止一个傻呵呵的长生，任何男人怕早已拿下，并将其困在黄泉，百世千世做她的忠犬了吧。

可这里面有"爱情"屁事？除了功利，毫无美感。现代舆论导向一直教导女人要聪明，要有手段，从《甄嬛传》到《如懿传》到《延禧攻略》，无不教导女人如何做蜘蛛精，如何拿下"大猪蹄子"。在这种导向下，却有这样一部低成本没明星的大作，真是难能可贵。《灵魂摆渡之黄泉》粗糙的布景和道具中不昧的是唯美的、干净的主题。观者需用生命实践去体察，而不是用某些意识和限制去评判。很多本质的东西，只是孤轮独照，该捡起来了。

午后情人

　　女人，在送老公上班孩子上幼儿园后，她躬身拭去地板上的灰尘，熟练地收集、洗、晾晒、折叠一件件衣服，然后去采购生活用品。这花了不少时间。她脱下家常的衣服去冲凉，之后注意到已经 11 点了。她换了内衣，穿上丝袜和窄窄的裙子，对着镜子仔细地涂唇彩，最后还用香水香氛一下。顾盼生姿，判若两人。

　　男人，在 10 点多睁开眼睛，身边躺着妻子的身躯，除了鼾声漫溯，这身躯极其放松，没任何生机——又打了整晚的牌吧。他起床开门去拿报纸，报纸的油墨味道反而让他感觉清新。看了看新闻版、财经版，他把报纸丢一边去吸烟。40 多岁的人好像活了一辈子似的，刚起床又懒肉横陈地软塌塌地摊在摇椅里。他有多处物业放租，经济萧条也感觉不大。忽然手机短信的滴声让他迅速起身，像打了鸡血似地冲凉、吹头发、换衫、出门。出门后，人们看到的是一个气宇轩昂、满面春风，甚至有点活力四射的男子。

他和她是怎么认识的？不记得了，只是俩人同时嗅出彼此身体里飘散出寂寞荷尔蒙的味道。至于是如何迅速识别而确认的？心照不宣了。

现在两个人抱在一起，只剩下生物本能。记得第一次的时候，女人觉得自己可以发光，男人觉得自己性感极了。所以他们还在重复这类游戏，不过是在一次次的欢爱中复制记忆中的欢爱。

然后两个人静静地躺着，没有废话，沉浸在自己甜美而又怅然若失的时刻里。女人度过安全期，转头去吻男人的手臂，男人尽管空虚疲惫，还是再次把她搂进臂弯，他觉得自己很棒、很绅士。

这种危险关系如水下的漩涡，在不经意间汇聚力量，暗流涌动。

直到有一天，男人的妻子哭着抱着他的腿说，我要你在家吃午饭。女人的老公把耳光甩在女人脸上，因为他发现她居然有那么多他没见过的性感内衣。他只记得她穿家居服的样子。

男人挣脱妻子的纠缠，说你现在说这些有什么用！妻子绝望地摔着家里的小零碎，开始摔不值钱的，后来摔值钱的。女人直接跟老公说，我们离婚吧。口气平静得像说我们去超市逛逛吧。女人的老公气得说不出话来，觉得这是她酝酿了很久的计谋。其实她的个性就是随遇而安，见招拆招。她老公被气糊涂了。

男人离家出走，女人就直接离了婚。于是两个只在午后见面的情人住到了一起。这样干脆地做到这一步的人还真不多，于是他们觉得自己特别幸运地找到了真爱。

然而 2 个小时的爱情变 24 小时的相处简直就是一场灾难。男人觉得女人的洁癖让他很受不了，女人觉得男人邋遢不堪，简直就是糟老头一个。

男人总是墙头草。这个男人撑不住了，先悄悄地回了家。成功地安抚了妻子，又可以躺在自己熟悉的床、沙发、摇椅上了——这些东西代表着他生活质量的重点。他心里暗爽，对着床、沙发、摇椅说，你好！你好！很高兴你们还没被砸掉！妻子有着顽强的旧道德观念，她心一横，把打麻将的瘾用在煲汤上了。男人顿顿都有汤水的滋润，简直就是因祸得福，浪子回头有汤喝。

女人一个人住了一段时间，女人的孩子生病了，女人回了家。温柔呵护着孩子，一饭一蔬一羹一汤。女人的老公也意识到妻子的无可替代性，就积极检讨自己平日的疏忽和那一记耳光。女人和老公又躺到了一张床上，一种强大的、多年的旧的生活习惯沿袭下来。

一切看似都恢复了。男人依然舒服而邋遢着，只是再没有收腹挺胸像只斗鸡一样走路。女人也再没有觉得自己闪光了，她并不介意，闪光是一种燃烧，是要付出代价的。

立志成医

　　除了母亲，我们家里其他人都是蒙古族。因为我们都随父亲，在"民族"一栏填写的是蒙古族，喜好的是牛羊肉，信仰的是腾格里长生天。

　　而我的母亲是汉族，出生在中华人民共和国成立前夕的哈尔滨，祖籍河北，是"闯二代"（闯关东）。母亲上面有三个姐姐，在全家人对生儿子的强烈期待中，母亲降生了。十斤的女婴，肥硕健壮，嘹亮的哭声让这个遗憾又加重了几分。

　　为此，我母亲从小对自己的性别意思很模糊，她跟男孩儿一样非常淘气，四五岁就跟小子们在房顶、在松花江边、在大野地里疯玩。母亲八岁的时候，外公去世，她愈发像男孩儿一样，每天挎个篮子出门去捡没烧透的煤核儿，去"捡"物资：在颠簸又带拐弯的马路边守着，等着每天下午必经的运输车队上掉下来的物资。她跟男孩儿一样脸皮厚，跟调防的苏联军人索要吃的，得到过糖果、压缩饼干和黄油。

　　母亲唯一像女孩儿的地方就是心特软。她总捡野猫野狗回家，而她明知道这是不被允许并且要被大人责骂的事情，但她就是忍不住。其中有一只白猫最终被收留下来，取名"花花"。花花一直被养了十几年，直到老得牙齿脱落不能进食，将死的花花自己走了。母亲在江边公园找到了冻得硬邦邦的猫尸，她艰难地铲了些薄土埋了花花之后，立志要当兽医。在那个年代，是没人给猫狗看病的，兽医基本只跟那些经济型大家畜如牛马羊打交道，姥姥问她为啥不当给人治病的医生？她说哑巴动物可怜，更需要帮助。

　　后来母亲因继父失业、家里没了经济来源而在高考前辍学。她在中医院搓了几年的药丸后又去学了画画，用碳精条放大人的肖像，但这门手艺很快被逐渐兴起的照相馆所取代。她学过画的痕迹只是家里有一幅猫的画像，猫眼在碳精线条下眼波流转、晶莹剔透，栩栩如生，兴许画上的猫就是她童年的"花花"。

　　老大不得志的母亲最终嫁给了我的父亲，当了三个孩子的母亲。孩子的成长有时候可以弥补大人内心的缺憾，于是我在她"睁一只眼闭一只眼"的态度下养过很多种小动物。

　　这个话题唠下去就有很多啼笑皆非的事情了。一次，我养的一只小鸡吃撑了，鸡嗉子歪到一边，无精打采的。母亲说必须要做手术，不然鸡会死。于是，她认真地准备了手术工具：削铅笔的小刀用火燎过消毒，止疼片用擀面杖擀成粉，还有针线——针头也用火燎过。于是，她真的割开了小鸡的嗉子！我不敢看，听她说就是挤出没消化的食物，再缝上，并撒上止疼粉。小鸡顽强地"滴滴滴"地叫了一晚上，第二天早上我急忙忙跑去看小鸡，却发现小鸡已经死透，腿伸得直直的了。

记忆中还有一只为我母亲的"兽医梦"殉葬的小鸡，那只小鸡已经长得羽翼渐丰，忽然一天打蔫，母亲说这是鸡瘟，需要打青霉素。怎么打呢？她找出一只特别粗大的针管，说是原来她生病的时候，中药灌肠用过的，还有针头，估计是从医院拿回来的废针头。于是她将青霉素药片擀成粉末，兑上凉的白开水，一切就绪。

这一幕没有上次手术那么恐怖，于是我在旁边帮母亲抓着小鸡，母亲还是那么自信，煞有其事地跟我说，给鸡打针要打在翅膀下面，说着她提起小鸡的一个翅膀扎下去。一针，只一针下去，小鸡径直开始蹬腿，这次一针就治死了。又是一只死得直挺挺的鸡摆在她面前，母亲疑惑地反复检查着小鸡的身体，说，不可能，不可能啊？

还有一次，我养的鸭子在外面吃了有毒的东西，被发现时候已经气若游丝，歪在地上两条腿无助地刨着。母亲见状说不好，马上去调了肥皂水给鸭子灌下去，但是没用，又灌，依然无效。我就这样眼睁睁地看着自己亲手养大的鸭子死掉了，我哭哭啼啼，说她除了瞎指挥什么都不会，母亲没有说话。

其实想一想，母亲也有成功案例的。我们家住二楼，两个卧室的窗户挨得很近，我家的猫喜欢"跑酷"，经常在两个窗户之间平行跳跃，却有一次失了爪，眼见小猫重重地摔落在楼下的水泥地上，我疾步跑下去抱它回来，等我进屋时候母亲已经准备好了一勺绿绿的东西强塞到猫口中。她说这是老黄瓜籽，治疗内伤最好。此后她又坚持给猫塞了几天老黄瓜籽。是猫命大还是黄瓜籽起效不好说，但猫复原了，跑跳无碍，欢脱依旧。

母亲一直爱好医学，经常戴着老花镜捧着《中医基础学》研究，还做摘抄。有一阵子跟风学气功，架势摆开，气运足了之后，两只手像扫雷仪器一样在我身体上方探测，说她的手经过我发出病气的地方会感觉麻，接着便问我该部位疼不疼，我总是说不知道，没感觉，她就转而去找更好忽悠的姐姐去发功、探测病气了。

后来，母亲渐渐老去，病痛多了起来。她不喜欢去医院，不喜欢医生，觉得看病花钱是被"砍"。她总是自己买点药，甚至学会了自己在家给自己输液。起因是她得了胆结石，时不时要去医院打消炎针。她弄清楚药物配比后，就弄到了那种胶皮输液管和金属的针头，那时候还没有一次性的输液设备，她便用家里蒸馒头的大锅，将输液用具上屉蒸40分钟消毒。母亲学会了找血管、穿刺、固定针头和控制输液速度，甚至连怎么对付输液过程中产生的小气泡等技术她都掌握了。左邻右舍都感到很惊奇，纷纷前来围观，说你真有本事！母亲说自己无非是久病成医罢了，可脸上藏不住的骄傲，好像在说：看我现在至少是名家庭医生了吧?

我去南方谋职后的第一年回了趟家，她得知我得了中耳炎后开始张罗给我打吊针。她忙前忙后，有点炫耀而又无比严谨地调药水、消毒，还给我做说服工作，直到一切都收拾妥当只差我伸出胳膊。我本来是不愿意打针的，觉得自己颇像当年那只任她摆布而殉道的鸡。但我离家遥远，心怀歉疚，最后还是无奈地伸出手臂给她。一开始还好，针头顺利地找到血管，液体一滴滴流入体内，我靠在床边，边打针边跟母亲说话。过了一阵子我忽然冷得发抖，彻骨的那种冷，母亲先是要给我拉开被子，再一看我的脸大惊，说我的嘴唇已经紫了。后面的事儿我记得不太清楚，模糊中被拉到厂医院，我记得有一个护士在我的背上用酒精棉反反复复地擦拭。据说我已经是体温40多度的高热，当时我到医院时血压已经走低，极度危险。

这一切都是由于输液过敏造成的。跟我家相熟的医生批评我妈说，你这真是乱弹琴，真觉得自己是医生啊？母亲就像闯祸的孩子，低着头。从我病愈到我再次离家，她总是用眼角偷偷看我，不敢直视。

母亲依然信奉的是"头痛医头，脚痛医脚"，她的抽屉里塞着满满的各种药，哪里不舒服，她就找相关的药吃。她不服输，亦不爱忍，总是在跟某些确诊的慢性病和不确定的、她定义的病做着斗争，显得固执、任性而一意孤行。近些年，最可喜的是母亲知道了节制饮食和适量的运动。有了这两点，我也就放心她能好好地医治自己了。

三、梦不成

一梦不觉醒
花火终成空

停电的婚姻

黑暗就像暮气，笼罩着家。

大停电，他和妻子不到 9 点就无奈地躺在被窝里，像要合葬在一起的人，无声无息。冷漠像黑暗一样蔓延。

男人翻了个身，翻到妻子的方向，看着这个有呼吸但和被子、枕头没什么两样的物体。妻子身躯的轮廓虽然挡住了他投射的视线，但又空如无物。另一边，是他熟悉的衣柜，衣柜里挂着他新买的衬衣。

似乎是要做点什么，然而这想法就像忽然接到一个加班的电话通知一样，艰难而无奈。他看着那个和枕头被子没什么两样的物体，物体也没有发射如期而至的媚眼信号弹，他松了口气，赶紧又翻过身去，加固自己的冷漠长城，顺便打了个哈欠，发布"我困了"的信息。

在这样一个停电的夜晚，他掐指算来，结婚已经 8 年，是所谓的"电婚"，心不痒了，但恐怕只有遭到"电击"才有化合反应。9 年是陶瓷婚，有一定的硬度但还是易碎，只有到了 10 年，才上升为金属——锡婚。他绝望地翻了个身，想即使撑到锡婚又能怎么样呢，婚姻的黄金期已过，厌倦期接踵而来，第二个黄金期还佳期如梦。可能要到了鸡皮鹤发，在公园遛弯连别的老太太都瞄不清楚的时候才会拉拉老伴的手，教育蠢蠢欲动的儿子和吃手指头的孙子说这就是爱情，就像苏芮的《牵手》那么感人，像热播的《金婚》那么感人。

"她常抱怨我的口臭，女人的通病，好像她没热情似火地亲过似的。我在她那儿没有隐私，没有尊严，不可能像白天那样装腔作势地扮绅士，给女士按电梯门还能换得一个笑脸……说起来，公司楼下的女孩真是可爱，每天叽叽喳喳的，妆化得很土但有味道。"想着想着，他又一次翻身，窸窸唆唆地拽拽自己的被子，"据经验判断，妆化得不好的女孩子是没怎么被男人开发利用过的……"

"你再翻身就滚出去！"

一声河东狮吼，公司楼下女孩子的脸像小肥皂泡似的"叭，叭"地碎掉。一切又恢复了死寂。

那个男人没有在恋爱

他假装睡着了，不抚摸你。你期待的爱情并没有如期而至。

一开始都很对，他对你着迷，分开一会儿就想你，你也没有轻易答应跟他上床。女性杂志上说，如果你想一个男人对你长久感兴趣的话，你就不能很快跟他上床。大概有那么几条规则，仿佛只要遵守了这些规则，就能像支配狗一样支使一个男人了。

一对成年的男女充分地享受着那种甜蜜的煎熬，喝咖啡时，他不坐在你的对面，而是跟你"排排坐"，他会毫不顾忌地侧过脸吻你，引来别人侧目。在一起吃饭，他只问你想吃什么，然后飞快地在菜单上搜寻，不会偷瞄价格；他的话说不完，同时又很在意你吃得少了一点儿。在地铁里，他高高的个子像擎天柱一样让你可以依靠，你只需要依着他，闻着他衣服上熟悉的味道。在街上散步，像小孩子一样摇着两只纠缠在一起的手，两个人仿佛可以统治世界。

　　终于，在洁白的床单上，你打开了怀抱和肢体接纳了他。他爱抚不够你的每一寸肌肤，看不够你的羞怯，在微蹙的眉间温柔地吻了无数次，说了无数次"宝贝"，每一次都仿佛发自肺腑。一切都很完美。

　　让你忽然惊出冷汗的是，他没有说过你期待的"爱"字。他只说"喜欢"和"中意"。

　　慢慢地，粘在一起像连体儿一样的你们有了好多要分开的理由：工作忙了、累了，他要去和朋友打球，他要去和朋友侃球，他要去和朋友看球。他要陪妈妈，要陪哥们儿，要陪同事，要陪客户。

　　即使在一起时他抱着你，他的眼睛也失去了原来的专注，让你怀疑是不是自己最近用的粉底不太均匀。他有很多不去接听而又让他心烦意乱的电话，让你觉得他最近心情不是太好。

　　在一起几个星期了，你小心翼翼，不知道哪一天是你们的最后一天，也可能会有大逆转，他会抱住你说宝贝，最近疏忽了你，其实我很爱你。

　　你要的是性以外的什么，然而每天晚上，他给你的就只有……似乎你们之间就只有这点事情可以一起去做了。之后，他转过身睡去。你抱住他，他的脊背变硬，像堵冷冰冰的墙。他说：别这样，我睡不着。然后睡不着的只剩下你自己。

　　如果他爱你，他不会介意晚睡一会儿，应该会跟你聊聊天。他心里很明白你期待什么，但是，他不予理会。

　　提及当初的甜蜜，那又算什么，只是荷尔蒙的力量吗。"喜欢"跟"爱"就差那么一步，但是又漫漫不可及。你知道不久以后，他因为打球磨出老茧的手指又会跟别的女人的手指纠缠，他健硕的身体又会覆盖在除了你以外的女人的身体上。

爱情，总是像黑暗海面上的渔火，遥不可及而又让人奋不顾身。

蓝树叶

　　蓝色的树叶遮住太阳公公红彤彤的笑脸，硕大不成比例的黄色鸟儿在太阳下盘旋，地上还有奇幻的彩色蘑菇兴高采烈地撑着小伞。

　　这是筱筱一年级时画的画。

　　美术老师夸奖她画得很棒，还说要贴在班级黑板报上。老师是刚分来的实习老师，他身上毛背心的花样带点儿小地方气息，扭来扭去扭了许多鼓出来的麻花。

　　筱筱怯怯地问，老师，我的树叶没画好……

　　没关系，我鼓励大家画想象画！再说，颜色多丰富啊，涂得也很饱满……

　　老师的普通话有点口音，他很满意的样子，甚至还摸了一下筱筱的脑袋。筱筱有点不知所措地环顾了一下四周。有早熟的女同学用眼睛横筱筱，并让她的画只在黑板报上贴了一天。

　　24岁的筱筱一身OL的打扮从写字楼里迈步出来。筱筱在闪闪烁烁的电脑显示器前待了一整天，找（coreldraw）素材添补一个吹得像天方夜谭似的某新产品宣传册子。设计部的工作最近忙翻了天，筱筱第一次按时下班。

太阳的余晖还很刺眼，筱筱一边撑开伞抵挡着紫外线，一边匆匆走向地铁站。

地铁像塞得满满的沙丁鱼罐头。手机响了，筱筱看一眼来电显示，露出了一丝笑容，讲了两句就挂了。

筱筱赶去见一个出差来此的网友。结识优质的网友就像你每天花两块硬币买六合彩，明明没指望却忽然中个安慰奖之类。何况筱筱哪有那么多时间上网聊天，而她这个网友就像冥冥中的眼睛，在寂寞、无聊、空虚、绝望、伤心的时候恰恰给了她淡淡的安慰，显得弥足珍贵。

他们约在城郊一个著名的主题公园见面。

他27岁，在一家外资银行工作。

他的网名是蓝树叶。

公园门口，筱筱一眼看到了他，高瘦、斯文、干净。他也认出了筱筱，毫不犹豫地上来拉住她的手，高高兴兴地说，票买好了，我们进去吧！仿佛两人认识了多年并且昨天还在一起吃牛肉面一样。

筱筱脸红了一下，但觉得不做作也挺好，因不反感手就留在了他的手里。

筱筱曾在18岁时离家出走。

那时母亲要筱筱考医学院或者卫校，还说看不到"画画的人"有什么前途，她苦口婆心地劝说筱筱：听妈的不会错，人啊，吃五谷杂粮哪有不生病的，到时候人人都上赶着求你；你连找对象都能高攀，你没看那大干部找儿媳妇都找医院的；再说妈浑身是病，成天离不开药，你是大夫，妈看病多方便啊……

筱筱头也不抬，她的房间摆满了各种几何形状的石膏块，对着惨白的石膏苦练素描很烦躁，她不懂为什么考美院初试就要靠这么过硬的基本功。难道美术要倒过来叫术美？

母亲的话仿佛拿着福尔马林水灌筱筱的喉咙。筱筱红着眼睛瞪着母亲。

幻想女儿当上大夫的母亲见女儿悻悻然，当即撇着嘴挖苦，哼，考美院？想美事儿吧你！你爸他们家祖坟冒那个青烟儿了吗，你还能当画家啊，了不起当个破老师……

父亲早逝，女儿一辈子窝囊地生活在母亲的谩骂声中。筱筱还记得他无奈的叹息声，高大却永远佝偻的背，从气道里挤出的压抑的咳嗽声，破的手套和手套里藏着的烤红薯。

不许你提我爸！筱筱跳了起来，第一次对着母亲喊，出去！

反了你，臭丫头！气疯了的母亲抄起一个石膏的椎体砸向筱筱。

半夜，受伤的右眼被纱布牢牢贴住的筱筱拎着行李顺着窄窄斜斜的街狂走，其实她在心里已经把这个场景演练了千遍，今天终于付诸行动了。

可眼泪还是悄悄地从左眼渗出，右眼同时剧痛。

蓝蔚是他的真名。他给筱筱拍照时问她为什么总是在镜头前缩起来，眼睛还老是眨。筱筱抢过照相机说是你技术不行吧，来看我专业的！我做平面设计时还做过摄影，把胖人照瘦点，矮人照高点，把粗制滥造的东西拍得高档是小儿科。

蓝蔚就很耐心地站在微缩的比萨斜塔前，摆出一副要照相的样子。筱筱跑到他的侧面开拍，乱按一气。哈哈地大笑起来。

把我拍成怪物你还需要点儿本事吧。蓝蔚也乐。

拍成怪物？难，拍成郑钧给我一个遮阳板吧。筱筱说完，顿了一下，脸有点微红，自己是在恭维他吗。

我是有点像他，蓝蔚摆了一个拿吉他的样子。夕阳落在他的脸上，红红的像个小男孩。

灰姑娘，我的灰姑娘。

筱筱凝视着相机里的他，半天没按键。

离家的路比想象中难多了，辗转了几天几夜，筱筱千里迢迢到了姑姑家。姑姑脸色很严肃，但柔和起来时和爸爸的脸部轮廓很像。在带筱筱去医院给眼睛换药的路上，姑姑偷偷塞给了筱筱一千块钱并简短地打断她的拒绝，那时堂哥在上大二，限制着家里的消费。"其他的事我给你妈打电话。"姑姑说。

筱筱知道是指她考美院的事。

医生取纱布那次，筱筱的眼眶伤已经好多了，不会落下疤痕什么的。但右眼白的下方还有一块瘀血。医生和姑姑交谈着。筱筱想找个镜子看瘀血是不是小小的圆锥形。医生和姑姑把严肃的脸又转向筱筱，用一个勺子状的东西遮住她的左眼，让她用受伤的右眼看很多形状和颜色，然后再以同样的方式测试未受伤的左眼。灰色，灰色，灰色。筱筱那一天看到许多次灰色。

最后，诊断书上写着，视神经外伤，后天性色盲。

筱筱和蓝蔚坐在原木的长椅上，旁边有棵高大的椰树。

筱筱脱了鞋，享受足下的小草带给她的一丝清凉。暮色从远处的半空倾洒，铺开来，公园里串串彩灯也一溜烟地亮了。蓝蔚的衣袖蹭在她的手臂上，薄的衣料带给她一点痒，她的另一手弯握在蓝蔚的手臂上，侧过脸看眼睛里五彩斑斓的蓝蔚。

做我的女朋友吧。蓝蔚说。

筱筱坐在朱总的腿上，手臂绕在他脖子的位置，叹气。

下来吧。朱总打了一下筱筱的屁股说道。

我得走了。他站起身，收了一下映出的肚子，提了提"杰凡西"的法国小牛真皮腰带。看筱筱还是闷闷不乐，他又加了句，要不，我不去打牌了，陪你？

你去吧，开车把我放在美术馆就行了。筱筱对着镜子整理着长发。

我说，小宝贝，你能不能买点衣服打扮打扮，身材这么好，成天牛仔裤牛仔裤的。

怎么，腻歪我了？筱筱翻了他一眼。

不是，你打扮成熟点嘛，好配我。

快走吧，我不配你了，筱筱假装嗔怒。

一块儿走，宝贝。朱总聪明地不和她搅下去，无所谓谁不配谁，不配也睡到一起了。朱总两年前在一趟短途出差时，因为司机有事而破天荒坐了火车，当他拿着票对号入座时，发现他的座位上坐着一个小可怜，一看就知道是混上车的，紧张兮兮的样子。一想起那时候的那个丢了钱包的筱筱，朱总就想笑，男人的嗅觉告诉他，那是块送到嘴边的肥肉，还小自己17岁。

朱总帮筱筱补了火车票。

朱总安顿筱筱在举目无亲的城市落脚。

朱总安排筱筱自费上美院进修包装设计专业，筱筱的眼睛能看到浅浅的红、浅浅的绿，而蓝色在她视网膜里变成大片大片的灰。

教授赞扬筱筱的设计作品总是有与众不同的、用颜色传达出来的质感，还说她拥有超敏感的色彩观。每每这时，筱筱却联想起了她混乱的初夜，白色的床单上洒落的处女血是一种无法言语的肮脏不堪的颜色。

远处露天舞台上的民俗歌舞表演开始，灯束游移，气氛光怪陆离。筱筱拉着蓝蔚跑过去。

做我的女朋友吧。

你说什么？她假装没听见。

那是不可能的。筱筱心底的樊篱在说。

筱筱爱上一个油画青年，艺术家的样子。她离开了朱总对她的"圈养"，她打理他们的小画廊，卖临摹的蒙娜丽莎、向日葵，出浴的维纳斯还有静物画和风景画。筱筱自己也可以画几笔了，一次她心血来潮地画了那幅《蓝树叶》——她一年级的美术课作业。

蓝色的树叶遮住太阳公公红彤彤的笑脸，硕大不成比例的黄色鸟儿在太阳下盘旋，地上还有奇幻的彩色蘑菇兴高采烈地撑着小伞。

筱筱凝视这幅画时，仿佛从时光隧道回到了童年，仿佛看到神秘的命运和跌落的理想。虽然她的眼睛享受不到蓝色带给她的静谧。

油画青年很自恋，他讨厌筱筱在他面前舞墨弄彩的样子，讨厌她画的意识流风格，讨厌她大把地用他的颜料和画布。他爱的是当初一脸崇拜表情的筱筱。

他恶意地批了这幅画。

不久，他怀里又拥着另一个女孩，是在隔壁店面卖银饰的小妹，整天低头做灵巧的手工，看人脸红且爱笑。

筱筱说你需要的只是崇拜。

筱筱带着《蓝树叶》离开了油画青年。

我可以来这里，和你在一起，只要你愿意。蓝蔚说这话时看着筱筱，舞台上彝族舞蹈的节拍在吼吼哈哈。

筱筱不得不回望着他，但她的表情确实有点空洞。

接受吗？拒绝吗？筱筱的脑海在变换着场景。

最后她说，我们才刚认识。

吼吼哈哈，彝人们在拼命地甩着头发。

在时光的流逝中，筱筱曾以为自己已经完整了。她供职于一家知名广告公司，工作出色。就像清早拉开朝北的窗帘，阳光会一缕一缕地洒进窗户一样，她的伤口也会一点儿一点儿地愈合。

直到在一个喧闹嘈杂的电话中知道母亲病危的消息。

我们认识不是有一年多了吗？蓝蔚耐心地追问。筱筱无力地将头靠在蓝蔚的肩上。

晚风里有一丝冷意。

等筱筱赶回去，母亲昏睡在医院狭窄的病床上，臃肿而胖大，死亡的灰色气息一团团笼罩在脸上。

母亲看到筱筱，眼里涌出了泪，却不说话。

筱筱也不说。

几天后母亲去世，筱筱冷静而孤独地办理后事。

以后的一年时间里，筱筱总是在梦里哭醒，完全是号啕不可抑制，悔字像一把刀，劈砍着她煎熬的灵魂。

万能的神啊，请眷顾我，让我活下去。筱筱祷告说。

筱筱认识了蓝树叶，就是蓝蔚。

曲终人散，露天剧场静下来。

蓝蔚抓着筱筱的手坐在空荡荡的环形座位上，他的眼里透着清澈，说，过去的都过去了。

筱筱低下头，蓝蔚几乎知道她所有的故事，除了朱总那段。但是，只要用简单的逻辑，很容易就能推理出这个巨大阴影的存在。

你从什么时候开始喜欢我的？

遇到你，知道你的故事，我的脑袋里成天就装着你，震惊，心痛。琢磨着你是什么样的人，一见到你，发现和想象中的一样。蓝蔚看着筱筱的眼睛，说得很慢。

漂亮？筱筱嘴角挂着一丝冷酷，用毋庸置疑的口吻说，走吧，我们该回去了。

筱筱想，也许我们今晚应该在一起，或许这就是结局。于是在林荫道下，筱筱挽住蓝蔚的手臂，两个人看上去极像一对。

天是灰色的 / 路是灰色的 / 楼是灰色的 / 雨是灰色的 / 在一片死灰之中 / 走过两个孩子 / 一个鲜红 / 一个淡绿

这是顾城的《感觉》，也像极了此时筱筱眼前的幻觉。

斋男

他发微信，拍摄的是一份很精致的素餐。旁边是他详尽的注释，告诉她这份看似简朴的晚餐其实有藕丁、梅菜炒豆干，绿色的是鸡毛菜，汤是海带花生汤，米是有机米。还有一个半透明的糯米点心，点心芯里包的是一牙苹果。

她回复了，并催促他快点吃，要凉了。

他说，开动！

他和她在不同的城市。他在原地，她离开他，随着一个偶然的良机，找到攀缘而上的路径。他知道她放不下他，在三年里，她频频回首顾望着他，哭着要他等她。一晃三年过去了，他的朋友一个个结婚生子，他一次次好脾气地去当伴郎，一次次去喝满月酒。

他喜欢走路，仿佛在人潮里就不寂寞。他总是走到那家距离很远的斋菜馆，点一份餐，默默地吃。偶尔会告诉她，今天晚餐的亮点是什么。

那个时候，繁杂的工作，血雨腥风的气氛让她疲倦。公司里一个男人总是在下班时间遇见她，每次都热情地邀请她搭顺风车。她坐在副驾驶座位上正在系安全带时，他的微信来了，说今天的斋饭中有一个蔬菜包，也是她的最爱。

她有一点点脸红，仿佛这是一件丢人的事，收起手机，放入包中。那只是一个遥远的素包，而身边的人给她的却是温暖和安全。

男朋友吗？男人狡黠地问。

她摇头，然后说，是垃圾短信而已。说完连她自己都忍不住用手遮住嘴巴。

半年后，她结婚了。

半年后，他还是会坐在那家斋菜馆里，他清瘦了很多。他只是默默地咀嚼，不再发消息给谁，不再注意菜式的变换。这一次由于周末人多，他等了许久，饭菜才端了上来。他却站起身来，迅速地离去。也许他早就不该等，满足于一份清淡的晚餐和情感的他，等来的只是迸裂的泡沫。那是时间和空间的力量碰撞，那是童话与现实的碰撞。

战士日记

　　我把手搭在你悄无声息的手上。长久的时间里，你纹丝
不动。

　　没有什么比握着一只汗津津一动不动的手更令人尴尬、更
让人羞愧的了。我把手抽了回来，假装捋捋头发，假装翻手边
的过期杂志，兴致勃勃。我像铁了心要吃唐僧肉的蜘蛛精一样
布置下天罗地网，其实被缚其中的只有我一个。

　　你通常没有兴趣去了解我的童年，没有给我花钱的欲望。
在我看那些意义暧昧、价位适中的小饰物时，你假装看不懂我
亮晶晶眼睛里面的暗示。如果不爱一个人，人们通常就在其面
前表现得吝啬。分开的时候我不知道你在哪里，你在做些什
么？而这些事情，越来越像数学猜想一样无法破解。

　　这些日子我仿佛穿了一件卖弄风情却不合体的连衣裙，丢
人现眼，承受着别人目光的鞭挞。每天早上都尽力地在憔悴的
脸上上妆，这是一个技术活儿。最后光彩照人和愚蠢同时写在

脸上，还有倔强。

其实我明白彼此的关系不会有任何改变，你不会在一个清晨醒来忽然说爱我，也不会在我落泪时吻我并忏悔。我幻想过我身穿迷彩装，用宽厚带铜扣的武装牛皮带爆抽你到头破血流、痛哭流涕，直到跪在我面前吻我的脚趾。在此之前，我还是努力地微笑着，虽然这毫无意义。在最后一天来临之前，我忍受着巨大痛苦的煎熬。

我爱这个男人，而这个男人不爱我。我想这是一个非常古老的故事。

迷路的多萝西

　　黄砖路的尽头在一片花海中，那些花极尽芳香，像荼蘼一般妖艳诡异。这曝光过度的重彩，溢出边缘的镀银的阴影。令人窒息的甜香里，眼睛合起昏昏欲睡。每一次彼此的伤害只能使纠缠更深，盘根错节，外人根本无法进入和判断。

　　稻草人在我身边，牙齿很黄，头发油腻，眉宇之间没有英气，仿佛矮了下去。之前你的那点魅力瞬间消散，化为乌有。

　　眼神清澈的那个铁皮人死掉了，取而代之的是一个赝品，这不过是一夕的事儿。我仿佛看到你胃里没消化的食物在腐熟，血液集中在这里，使你的脑袋空空，什么也不能想，只能屈从本能。

　　狮子咆哮着过来，变成另外一个人或者什么，完全扭曲，这种场景一次次地定格，我却没有痛感，没有惊愕，只觉得厌倦和乏味。熟悉的气味像碎片，思想飘散，灵魂徜徉，懒得去做什么决定，就这样抱住双膝，头低埋下来，像只鸵鸟一样深深沉沉地睡吧。

可是我不再相信你们的笑容，我也完全失去了好奇心；去探究彼此的灵魂是多么的丑陋，珍惜护持的面具已经破碎着泥。停留了这么久，等待花苞打开，吐出的却是毒信。

炸雷直直劈落下来，被劈为两半的我，已经面目全非。

黄砖路，大片的花田被迅速打包折叠，顷刻之间陷入海之深渊。沙海蔓延，黄尘蔽天。

两个我，必将走向殊途。戴着完整的面具和肢体，穿梭在两个时空里，做不同的事情，拥抱不同的人，有不同的悲喜。

夜深人静的时刻，对着残缺的肢体暗自哭泣。仿佛喝下一整碗毒药，胃里有剧烈地翻腾，水泡炸开的声响，哀怨之气输向四肢百骸。

半边人各自拥有半颗心，各自敲击着不同人的名字，为不同的两个人战栗抽搐和疼痛。

半边人忍住剧疼，即使擦肩，也不肯再次黏合，半边人走向自己的宿命。

小鱼儿骑行记

　　小鱼儿，90后的一个小青年，除了帅点儿高点儿没啥不一样。他姓余，骑行圈的人喜欢叫他"小鱼儿"，说他特鸡贼，多少次比赛都是跟在上届冠军或夺冠热门人物后的第一梯队里，等到了终点前的几百米时，像条鱼似的从边上溜出来，发力冲出来超越，冲线夺冠。

　　小鱼儿说自己是因为爆发力不足，才省着用那点爆发力。其实大家真羡慕不来，爆发力不好？这耐力也太牛了吧？

　　小鱼儿其实就是个随遇而安的人，他大学上了一年，觉得专业无趣就退学去参军，当了个坦克兵。体能训练没把他训练趴下，个子却嗖嗖疯长，从172cm蹿到182cm。兵团从开装甲车开始，就不要个子太高的，这是对坦克兵的要求。没办法，他两年后退伍了。

　　心情郁闷的他开始玩骑行，渐渐地在骑行圈里有了名气。他在兵营里晒得黝黑，又练出了肌肉，形象阳光健康，一个自行车品牌的老板看上他，叫他去拍点平面广告。慢慢地，一些男装、潮牌电商来找他，就这样，他稀里糊涂地又成了平面模特。两年后他也开了自己的网店，卖运动周边产品，生意还不错。这时候他才 24 岁，他遇到她也是这一年。

他们在华强北一个电子产品批发档口相识。他拿货，她路过帮同事拿一款国内很少见的充电手机壳。店主没在，他等很久了，她进门时正遇见满脸阴霾的他，看见她之后，阴霾都散了。

她是那种让人眼前一亮的女人，皮肤白皙，长发及腰，肤质发质都很好，打扮很精致，带着深深的自恋痕迹。

等人无聊，他们聊起来。他说他拿的是一款卖得很好的野外适用的手机，他说他曾是颇有名气的自行车骑手，看她不信的样子就拿出手机，让她看他骑车时拍的照片：一些是参赛的，一些是摆拍的。又聊起骑行运动的好处：强大心脏，释放压力。

她说她不太会骑。他忙说我可以带着你骑。

于是他们见面，去公园骑了次车之后心照不宣地把约会地点变成电影院。小鱼儿全然不记得看了什么，他只觉得从来没有看过这么好看的侧颜，她也偷眼看他，妩媚又顽皮，一个浅笑、一个眼神就把气氛搞得一擦即燃的样子。

一次，她问他，你知道我大你 8 岁吗？他转过头说你这是什么问题，这是问题吗？那你爱我什么？他把脸埋在她的头发里没说话。他真不知道，说得清的都不是爱情吧？

半年后他们分手了。他们怎么分手的？有圈友八卦说，有一天小鱼儿就那么没征兆地看到她从一辆崭新锃亮的商务车上下来，手里高调地拿着一捧花，看到开车的中年男人的西服笔挺。而小鱼儿手里提着刚买的蛋挞，或者几根蔬菜什么的，这听起来像极了老套的桥段。还有人说，她见过他的父母后就被嫌弃了，最终郁郁而分。

其实是忽然有一天她人间蒸发了，人去房空，工作辞掉，电话不通。

这是一种最糟糕的分手方式，也是伤人的分手方式。仿佛就是被最亲的人算计了一样，而且是损人不利己式的那种不计后果的"算计"。

"知道"和"接受"之间有个遥远的过程，甚至分手吃顿饭，也算个仪式，是尊重需要被郑重告知者的表现。

小鱼儿平静地续租了她的那间房，时常去守着那间房。这种带家具出租的房子让小鱼儿感觉到她还在，他们的爱情还在。就像一条鱼被杀死在菜市场的案板上，被剥鳞、解剖、冲洗和带走后，空气里依然长久留着它的味道。

小鱼儿曾那么扒心扒肺地爱她，仿佛爱她就是他的使命。他记得他们第一次牵手，海岸线边栈道绵延，海风腥咸。他朝着她走来，装作自然地一把抓住她的手。两个人面红耳赤的，都没说什么，眼睛不自然地朝着相反的方向看，又忍不住偷瞄对方。

小鱼儿表面并没有明显的情绪变化，只是额头忽然间长出了一道抬头纹。因为他给自己最早买的一款单车命名为 A318，然后他就踏上了川藏线 318 国道。内心的痛苦使他麻木，完全不做攻略、不做计划地走。他把车速保持在 80 码以上，每天骑十几个小时，很快感觉大腿上的肌肉又强健起来。他一路上没拍一张照片，看到美的风景就停下来，休息、补给、发呆。

很多骑行者会选在雨水少的四五月份骑行，但那时草几乎没长出来，看不到成片绿油油草甸的景色。小鱼儿出行的八月风景什么的都好，就是可能会遭遇降水，他这一路就是湿淋淋的，但是看到彩虹和洒了抹茶粉的山就觉得好美好值，想起她没看到这一幕，心又凉了，默默地上车，走。

一个人，常常会面临绝望的感觉。永远都有爬不完的坡，看不到头的弯弯曲曲。下坡也很危险，那股冲力让手的握力无法控制刹车，在急速下坡时他觉得自己像一只俯冲山谷的鹰，御风飞翔。耳边轰响呼啸而过的大卡车把他拉回现实，好险。小鱼儿停下来，人抖得不行。

他骑行在香格里拉到德钦的过程中，路比较平缓，只是被带着雨水的乌云追赶。他精疲力竭中奋力地踩着踏板，一路箭一般地穿过沿途的草甸，终于摆脱了雨云，回头看着雨水密布的洼坡，他在开满了各种颜色小花的草甸上躺了片刻，云朵慢慢地卷起来，像触手可及般低低点缀在空中，好像她的发卷儿，他无奈地叹口气，爬起来逃命一样狂骑。

深夜有时候前不着村后不着店，他只好在野外露宿。布置好睡袋，生一堆篝火，望着绝美的星空，也想起自己的不好。知道她喜欢黏人，却没搬去跟她同住。学历没她高，他没想过去读大学，他觉得自己活得自由滋润。他没有站在她的角度想过她要的是什么，她已32岁。他忽然不再怨她，他只想更多地祝福她，那么这半年时间、这次骑行都有了意义。

小鱼儿凭着运动员般的身体底子，用了比别人少一半的时间骑到了目的地拉萨。看着朝拜的人在大昭寺前不停歇地拜，看着藏民绕着布达拉宫顺时针转，瞬间心里涌起剔骨剜心般的悲悯。小时候妈爸都忙于生意，常不在家，饥饿的他去泥塘钓小龙虾，想着怎么样煮熟，怎样吃到肚儿圆，可是一脚丫子踏到泥沼里，差点陷下去，死命地扒住一块青石保命。又想起比赛的前一晚还在帮朋友通宵搬家，第二天照样骑了 50 千米拿了第一名，只是下车后眼前一片黑，倒了下去。当时的意识是清晰的，可身体像筛子一样。其实我们都只是淤泥之鳅，摇头摆尾，曳于滩涂，求生而已。爱情幻影，如露如电，人们爱着自己被爱时的幻觉，并四处投射、破灭，又收回。

此后的小鱼儿每年都会这么骑车出门，慢慢地他有了个伴儿，是个欢脱得不得了的女孩子，跟他一样晒得黑黑，一笑有雪白的牙齿。

聚散离合，恒河沙数，小鱼儿的骑行故事还在继续着。

别人的海

　　他和她，曾走过感情的千山万水：吸引，纠缠，在一起，分开，在一起。被反对，但越是遭遇分开的力量，就越紧密纠缠，伤人自伤，累累伤痕，不计代价，终于走到一起。他和她，却再找不到甜蜜的感觉。疲态尽显的他们仿佛两具尸体，耗尽了热力和能量。就这样在一起，而已。

　　一个午后，他们来到海边。没有裸足踏浪的欲望，就枯坐在海滩的细沙上，静静地看着这片似乎是他人的海滩。一帮大男孩追逐打闹，少女们摆出青涩的姿态照相。偶有人经过，在软绵绵的沙子上踩出深深浅浅的窝。情侣是这海滩的宠儿，回归了童真，男人背着或者抱着女人，在跟海浪尽兴玩乐，笑声放肆，极具感染力。

　　被海上快艇拖拽而起的热气球，一个人随着气球高高腾起。仿佛随时要坠入海里，但又随着加速的拖拽而跃起，是身不由己的心跳玩法。摩托艇疾速地在海面上蜿蜒，白色的波浪长长尾随，转而又消失不见，像是时间的划痕。

　　她开始有一句没一句地说话。她说，这片海，我们也曾来过，就是那时你教会我游泳……这片海差点被填了，要搞房地产，海枯石烂？海枯石烂又算得了什么……她像是说给自己听，说给海浪涛声，说给流动着的浩渺未知的天宇。

　　终于，他说，回吧。

四、乡心

生命有它的图案，我们唯有临摹

——张爱玲

丸子

　　丸子，疑似性别男性，是一颗纯肉的丸子。载着他与她的精华，在一瞬间被激活了自有的生命力和创造力，虽然深深打着 DNA 的烙印，但也有一定的想象空间，展现出他们蛰伏的慧根、灵性和爆发力。

　　丸子在酣睡，他有一个关于前生的梦，一个关于奔跑和速度的梦。用一条长长的尾巴作为驱动，罄尽膂力。

　　丸子满意地审视着这个柔软温暖的摇篮，在一个角落安营扎寨。他审慎地为自己找到一个舒适的位置，而不是像蒲公英的种子那样纷纷扬扬，尽落沟渠。他有很多安全带般的触手，可以肆意延伸，抓牢这片沃土，如果换个角度看他，又像一个攀岩的勇士。

　　她现在还意识不到丸子的存在，只是不到吃饭的时间，就饥肠辘辘地去拿饼干盒子。饼干转化的简单糖原让丸子觉然猛醒，很快就又充满了能量。如果胎盘——丸子和她的最重要的物资枢纽完工的话，未来几个月的生活将很有保障。生命的密码将一一启动，丸子不慌不忙。

　　只是接下来的几天里，丸子的异体蛋白 DNA 让她感到不适，同时，生理期的推后使她意识到丸子的存在，她紧张、焦虑，刷牙时会呕吐，其实早晨的胃空空如也。

　　丸子似乎嗅得到她的不安、伤心甚至绝望——是以荷尔蒙的方式传输过来的。他停顿了一下，犹豫了一下，抗争般地开始搏动，其实是本能地跳动。"咚咚咚"，似地基打桩，似与命运赛跑，叩启着生命之门。这种搏动将持续七十年到八十年之久，是他和她祖辈寿命的平均值。如果没有意外。

　　截至目前，一切都很顺利，直到一天，丸子被巨大的噪音吵醒，一团黑暗中不辨方向，一个探头探脑像吸尘器探头般的家伙靠过来，不怀好意。丸子勇敢地搏动着，证明自己根本不是违建，是他和她宝贝一样的结晶。忽然，那家伙就张开了血盆大口，施展邪恶的吸星大法。刹那间，丸子家园的地基被一一撼动、撕扯、断裂、破碎，丸子奋力地搏动了最后一下，终于跌进黑洞的漩涡，化成医用托盘里一摊没有生命的血水。

　　22mm × 17mm，是丸子留在这世界的最后一组数字。

小宝哥

　　他在必胜客的窗外张望。

　　老，穷，丑，脏。手抄在袖子里，套着一件看不出颜色的衣服，干瘦的身体蜷缩着，让我想起今天的兀然降温。

　　那单薄衣服的右胸口印着清晰可见的两个鲜红的字"小宝"，那个"宝"是繁体字，像是个极大的讽刺和误会。他不可能是谁的"宝"，你有犀利哥那渡边谦般的外表和混搭的技巧吗？

　　因为他的张望，我发觉桌子上的食物显得过于丰盛了，舒服的沙发椅使我们放松而臃肿。我坐端正一些，不敢去和他对视，他的目光里有没有饥饿，有没有不解，有没有问责？是不是更具穿透力？

　　再抬起头，他已经踟蹰离去，仿佛根本就不曾存在过。

玉米老爹

下班时出地铁口，常看见一个街头卖玉米的老爹，他生意清淡，落寞地站着，抄着手，直勾勾地瞪着从地铁出来的人们。他不同于那些卖红薯的、卖水果的小贩，这老爹一看就不会做生意，玉米摊子三轮车远远地停在空地上，而不是停在人流动的必经之道。别的小贩都是把车停在人行道上，堵住一半的人流，使做生意的机会大很多。

看那个卖水果的，很会挑时令水果，而且都是称好的，一袋袋摆放好，十块钱一袋，还用个灯泡照着，让货品呈现最诱人的样子，特适合匆匆回家的、以水果代晚餐的白领族，以至于很多人顺手就买了。我买了几次，虽不怎么好吃，但是胜在方便。卖红薯的就更厉害了，嘴里吆喝着"又香又甜的红薯"，再说红薯本身的香气就是最好的广告，让饥肠辘辘的人停下脚步排着队买。

相比之下玉米摊子就是个"局外人"似的，那老爹不吆喝，摊子还摆得远，姜太公钓鱼啊？因为我看他实在没生意，就钓到了我。好奇心驱使我光顾了他的玉米摊，走上前去问价格。他的玉米都在锅里整整齐齐地摆着，饱满而壮硕地躺在滚水里。遂要了几根，付钱时我问，扫哪里？这老爹沉着脸摇着头说没有。没有微信或支付宝二维码？就是做现金交易，这还真新鲜，现在谁上街带零钱？据说电子支付的盛行让很多街头乞丐都失了业，往来的人实在没现钱，如果乞丐说，没零钱那你扫我的码吧，施舍人的心里一定会想，哦，你都有智能手机还行乞，肯定是骗子，然后一走了之。城市管理者应该感谢电子支付减少了他们的例行工作内容之一。

买玉米的我傻了眼，于是作罢。第二天下班我惦记着这事，在地铁上跟同事借了现金。出了地铁就买去，老爹是乡下人的打扮，消瘦嶙峋，用一副长竹筷在热水里夹起玉米，哆哆嗦嗦地装在袋子里，也许是时常没生意，业务生疏，手指关节也粗大变形，我猜测那是在寒冷的天气里劳作过的手。老爹的玉米不怎么好吃，也不香甜。他不懂在锅里加点料，糖精或者甜味剂什么的，据说这是行业"惯例"。我不知他这样的生意为什么还撑了这么久，很怕哪一天他会消失。

我第二次买他的玉米，拿了一张 50 元给他找钱。他小心地拿出散钱慢慢地点给我。他反复看，怕找错了，看得出他不擅长跟钞票打交道，眼神也不甚好。我在猜测他为什么要背井离乡来城市里卖玉米，他的脸上带着孤苦之气，不像是投奔子女的。我回到家中讲起吃粗粮的好处，强迫家人跟我一起啃玉米。

隔三岔五，我总买几根玉米，老爹已经认得我。仿佛他等待已久，眼底有喜意，不会寒暄，埋头认真地夹玉米、装袋子、找钱。每天几块钱的生意不能让他免于窘态，却使我形成了吃不甜的、原味玉米的习惯。

可有一天，我发现老爹消失了，开始是连着几天，后来是几周都没见到。地铁口卖水果的和卖烤红薯的都在，甚至还多了摆地摊卖袜子和贴手机膜的，就是没有了卖玉米的老爹。我心里沉甸甸的，我想，他的玉米不走俏，他又不会吆喝，不会挑地方摆摊子，这都是他被淘汰的理由，或许我不该怜悯他，让他早点转行或者是回了乡下更好。郑钧不是唱过吗，商品社会是欲望的社会，是不该有怜悯的社会，就像世界地理杂志的摄影师只会眼睁睁地看狮子捕食麋鹿妈妈，看着小麋鹿失去妈妈一样，再可怜都是不可干预的，丛林有丛林的法则。

大半年过去了，忽然有一天在家附近的马路对面，我看到了玉米老爹那熟悉的身影，他用力地推着他沉重的玉米摊子。原来老爹还在卖玉米。马路之间并没有可以穿行的路口，在车流中间我看见他拐入一条小径，再次消失了。

我呆立了一会儿，也继续走着。我对自己说，老爹这么久还在卖玉米，说明生意好起来了吧，他学会了选适合的地方，说不定也学会吆喝了呢。这样的老爹是好样的，不管多难，都如野草般顽强地生存着，还有什么比这个更有意义呢。

我的父亲

写这些是为了疗伤，是为了自我救赎。

如果可以，我希望一切可以重来，这样我死去的父亲就可以好好地走完他生命中的最后几天。

血压快没有了，心电图还有明显的波动。医生用最平缓的态度做着死亡报告。她疲倦，不耐烦，甚至有点鄙夷。于是我不愿流露我的哀伤。我被催促着：一会儿身体硬了不好穿啊！身边还有几个七手八脚的陌生人。

没了没了。

草草擦洗着父亲赤裸的身体，怕他冷，坚持用温水。

父亲变得更陌生了，有点不对称的脸，沉重不堪而又极其嶙峋的身体。给他穿衣服，裤子、袜子、鞋子，最后还有帽子。我对他一向是疏离的，从来没这么亲近他。

一切都穿好了，那老衣是极其草率的做工，低劣的面料。仿佛知道自己很快就会灰飞烟灭的样子。

抬着他离开医院去祭奠的地方，夜从来没有那么黑。北方寒冬的海风刺骨，钻透了单薄的衣裤，我对抗着，我真的不怕冷，只是我不能病倒。

父亲被平放在冻柜里。我担心如果他没有真的死去，这样醒来会不会感冒？有没有气力去喊人？

接下来是不吃不喝，号哭的日子。几乎滴水未进，而眼泪却干不了。我像骆驼一样，身体里的水分供给源源不断。

疗伤的日子里，发疯地在过去的 DV 里找他，他的身影总是躲躲闪闪。他和我母亲的矛盾像一根横亘的刺，我对抗的心不曾让他真正融入我的生活。

小时候母亲揍我，我对她的爱恨也更鲜明些。他几乎不打我，记得只踢过我一脚，是在我走失又失而复得后，他看见我就飞起一脚，我坐在地上哭。

他曾是我的圣诞老人，是把礼物和惊喜带给我的人。每一次出差，从不落空，血橙、黑米，用铜火锅涮羊肉吃，第一次喝易拉罐装的饮料，第一块机械手表，第一个项链式的电子表，是我最喜欢的蓝色……保暖的大衣，新式的皮鞋……我就是那个自私的小姑娘，你惯的，你不求回馈地爱着的小厉害丫头。

可是我辜负了你。你总说我对你好，可是我知道我是那么残忍。曾因为害怕自己无法面对你的病痛，始终找借口逃避，不愿意飞过去探病；更不曾一粥一汤地喂过你，给你带来一丝慰藉。我厌恶那种病人的气味，用购物酗酒抚慰着自己。悔恨已经把心杀了一遍又一遍。我这样的人，还会有幸福吗？

父亲啊。你在我的身边，变成了一个小巧的灵牌，一个小香炉和每天的一缕青烟，你喜欢小巧的东西，在我的记忆里，你给爷爷奶奶也供奉着这样的牌位，小小的镜框里装着那位蒙人血统、飞扬跋扈的爷爷，仪表堂堂、被定性为"土匪"的爷爷，贩卖过大烟土也打过日本人的爷爷，最后被枪毙的爷爷。我们这些覆巢下破碎的心灵破碎了一代代、一辈辈，不知道该去恨命运还是去恨谁。镜框的右下角还有多愁善感的奶奶，一个乡下的小脚老太太瘦小的普通样子。父亲长得像奶奶。

如今父亲也在这里，我轻易地就理解了中年父亲的哀伤。我们总说要对父母好，真的不只是为了回报他们，更是为了解救自己，尽量使自己少后悔。

假日里，写这篇久久未完成的文章。我的父亲离开这个世界一年了。

最后一程

　　他戴着极大的滑稽帽子，胡子没刮干净，他的衣服也极宽松，好像是本人缩小了。他的眼睛固执地紧紧闭着，仿佛被疲倦牢牢钳住。嘴巴也紧闭，没有一句话要讲。太阳穴、脸颊深深地陷下去，颧骨突兀。耳朵无力地耷拉着，耳郭就显得比平时大。唯一没有变化的是他的鼻子。

　　他盖着一条黄色的印着类似龙图案的腈纶毯子，他已经不在乎冷了。从冻柜里抬出他的身体，他也丝毫不在意。

　　他的左手戴了一个金色的塑料圈，右手戴的圈子是银色的，手心里各被塞了块蛋糕。那蛋糕，是他生前病重时唯一能吃，而未能吃完的。据说是黄泉路上打狗用的。嘴边放置一个铜钱，胸前摆着一个酒盅和一根葱，用途不详。

　　碗，摔了个粉碎，盆，也摔了个粉碎，这样用力，仿佛可以弥补自己没尽到的本分。

　　要上路了，哀乐摧肝挖心。他被放入纸棺里，一路摇晃着身体。我蹲下来，尽力地扶着纸棺。这样的颠簸、坎坷，就像他一生的写照：早年丧父，中年失妻，晚年子女东一个西一个，不得济。

追悼会，司仪念完基本是套词的悼文后，他被推去火化。我知道自己再没机会看到他的肉身，看到那张布满苦相的脸。我想号啕，我想打滚，我想以头抢地，我想用炸药炸了这世界，可是我只是轻念了一声"爸爸……"

我不知道，他有多痛才会死去，我不知道，他有多能忍，忍住一切凄凉苦楚，最后只在电话里跟我说了一句，爸爸不行了。我还以为他是在撒娇，可是两天后当我赶到他的身边四个小时，他就成了尸体。

致劢的人（丧事的主持）拿起一片爸爸的骨头渣子，说这头骨好厚实，少见。他的一副铁骨，一生经历了多少磨砺，如今交付到熊熊大火之中，才无奈地爆裂，化成齑粉和碎片。

烧掉一切祭品，烧掉他生前的物品：他离不开的眼镜，镜腿断了一条，镜片碎了一个；他常用的一支廉价的油笔按不出笔芯。

这一切能烧掉吗？

原来我们的缘分，是他看着我啼哭着来到这个世界，是我啼哭着送他走这最后一程。

沙漠玫瑰

　　阳台上的沙漠玫瑰开花了。颜色不娇艳，深红色，喇叭花的样子。却不是纠缠的藤蔓，枝条结实而泼辣地上窜，像棵朴实的树，是木本的身体。

　　花是父亲买回来的，他知道我不擅侍弄花草，就买最皮实的植物给我。他要回老家了，那几天里又悄悄帮我换了花盆，改良过的土壤粒粒松散，蕴藏着养分、水分和强劲的生发力。

　　父亲对别人说我就像沙漠玫瑰。他懂我，理解我，远远超越我对他的理解和关注。他默默地，远远地欣赏着我，不表达。我自小离家，独立求存，他痛在心里，也许才用这花来喻我。

　　一年中沙漠玫瑰要开两次花。它在角落里积淀力量，抽枝散叶，绽放芳华。沙漠玫瑰花期很长，开花时会被想起、被照顾，其他的时候还是寂寞地活在忽略中。

　　就像远在老家的父亲，他老了，病了；他选择默默无语，忍住一切苦楚，以至于他的走，客观而不真实。

　　他走了，花开人亡两不知。

骨相

　　她的父亲给了她一副非常结实的骨架。父亲来自图腾为狼的古老民族，好饮、精骑射。虽然父亲从他的父辈就开始被汉化，迁徙到山海关内定居，也栽种也贸易，不再游牧，但父亲骨子里还是牧人，嗜膻腥味，吃牛羊肉，喝奶制品。父亲说少年时代他卖了自己的金镏子（戒指）独自跑到天津读书，染了伤寒打摆子差点死去，被同学喂了热牛乳，强悍地活了下来。

　　他们这个民族在草原繁衍生息，懂得平衡食物链条上的矛盾，把身材比例调节到害处最小而收益最大的黄金分割线上。于是 DNA 的序列让这幅骨架精壮而灵活、宽阔的肩膀、扁平的腰、紧凑的胯部并不突兀，配上笔直的腿骨非常和谐而有力。而她手、脚的形状也和父亲极像，微宽不那么秀气。她手部的"缺陷"可以用留长指甲来弥补，她的指甲通常也颇有厚度，可以随意蓄指甲不易折断，可以修剪成修长的形状来拉长手的比例。脚掌的宽度无处可藏，小时候又不能靠高跟鞋来"收脚"，她只能用粗盐来浸泡脚、脚踝和小腿，反复揉搓。她常常抱怨父亲为啥不是四肢修长、眉眼深邃的维吾尔族，为啥不是妖娆的能跳孔雀舞的傣族。

由于这副骨架，她在体育课上有了不一样的表现，她打篮球擅长的是抢篮板，好胜心强同时四肢灵活、冲撞力强，用肩膀"别"人是她发明的边缘性犯规动作，也因此被体育教练看中，挑去了训练队。她同时在田径项目上也有表现，三级跳远运动项目上，强劲的大腿和宽阔的脚掌带动她小小的身躯像鼓动的风帆；她前倾式助跑增添了很强"势能"，每次都能跳出一个刺激的尺度，她很多次打破过该校女子跳远的纪录。但跳高她一直做得很差，不管是背跃式还是跨越式，她都要跟横竿同归于尽似的，玩命般冲过去，然后狠狠把竿子压在身下、压在垫子上。一次次的，颓然无功。

由于这副骨架，她成了运动员，但她并不是一个运动天才。父亲毫不客气地又把他近视的毛病给了她，她就离开了操场，像仓鼠一样啃家里的藏书。她记得《简·爱》，她记得《失火的天堂》是父亲用剪报贴的一厚本；记得《封神演义》里的奇妙插图；记得杨任的眼眶里伸出两只手，眼睛在手心里；记得《三国演义》她翻了几页就放回去，至今没有再拿起。

由于这副骨架，长大后她穿高跟鞋，穿紧身的裤子或者短裙、热裤，穿有腰线、裁剪精确的上衣。私底下，她喜欢把衣袖拉到肘，即使是在冬天。她喜欢赤脚，她喜欢披头散发，喜欢留长指甲，她皮肤上有刺青。同样的，她喜欢喝牛奶，冰箱里放着一排排的"维记"牛奶。

一个人像另一个人，是骨子里的像，这真还不夸张。父亲过世的那一年，她才发现父亲把他干裂的脚后跟也悉数给了她。

父亲从一个神采奕奕的老头到生病到离开只用了一年半，还是那急吼吼的性格。他的枕边是一盒盒没打开的牛奶。这一次牛奶失去了神效。火化后，工作人员拾起他未被烧尽的骨渣子，说少见的厚实时，她感到一阵漆黑从脚底升起，一种巨大的孤独冰冷地扑面袭来。她看到了生命的谜底。

如今，她每晚仪式般地用滚烫的水洗脚，在脚底涂各种油，然后穿上袜子睡觉，像极了她的父亲。她记起父亲得意扬扬的样子，说这是他的妙招，睡一觉，脚后跟就会光滑如初。多想人生也可以这样，睡一觉，就可以重启。

完美母亲

男人老了，依然可以叫"老男孩"，女人老了，便只有"母亲"的身份最适合，不可以再做"老女孩"，如果届时你再撒娇发嗲，便是要被众口诋毁致死的。

母亲，在我心里多年的样子大致如此：先要经营一个温馨的家（母亲身份的背景板）。要有温柔的眼神，提供温暖的怀抱，会随时蹲下来（或者仰视，要看你的孩子有多高）看着孩子的眼睛，细声细语地说出心灵鸡汤似的话语；但不能多言多语或者重复，否则仍然是面目可憎的；要有爽口的饭菜提供，有几样代表性的"妈妈味道"的食物提供。

你不能化妆了，但是不能不打扮，最好永远都是三四十岁的样子，最好穿的永远都是广告里贤妻良母式的开襟毛衣。你不必烫发，但你必须苗条，因为你还要灵活地穿梭在厨房和客厅的餐桌之前，将一道道美味佳肴无声无息地摆放，将吃脏的空杯盘无声无息地收走，不在乎自己只是家宴中的一个自动烹饪机或者自动洗碗机或者一个活动的布景。

你要顽强地存在着，顽强地和没有存在感斗争着，你要活到一个境界，那就是忽然有一天你的老伴不再瞄其他的女人或者已经白内障瞄不到的时候，或者你顽劣的儿子、离家出走的女儿良心发现，对你视如珍宝的时候；当家人明白你的价值的时候，你再一个绝症上身，而且一发现就是什么癌症晚期，之前最好一点征兆也没有；然后你无欲无求地、在家人的号啕和环绕中就死去了。如此这般，你便是一位完美的母亲。

世间的完美，大抵如此。

父母的邮包

　　快递小哥们要不就在街上穿梭，要不就在楼下分拣包裹，要不就在电梯里挤来挤去，收件送件。这已经是日常生活现象之一了。

　　小时候，我的邮包多来自父母和亲人，手缝的旧粗布包，上面都是针脚。如果是钢笔写的字，是母亲邮的；如果是娟秀的毛笔字，那是父亲邮的，父亲写字喜欢用一种软的仿毛笔头墨水笔，蛮高级的。

　　我的父母都是东北人，早年支援大西北把家安在了陕西。我读书离家后，就时不时收到这样的邮包了。我和母亲还是在一个省内，离家不过几百千米，邮包三四天就能收到。多半是食物、锅盔、腌黄瓜、炒咸菜，有时候还有香肠，但香肠容易坏，不敢多邮，最多也就是两三根。母亲邮寄东西很随意，想起什么邮寄什么。父亲退休后大部分时间在东北，他的邮包多是东北的酱菜和虾皮。他知道我很喜欢"锦州酱菜"，里面有微型蔬菜和杏仁，至今想想都是很神奇的一瓶酱菜。而虾皮是渤海边初产的虾皮，并不咸，父亲只是适量邮寄一点。里面经常可以发现幼小的螃蟹，幼小状态的鱿鱼和毛线粗的凤尾。收到父母的这些邮包，我心里是淡淡的，多半是分与宿友，别的人亦如此。我更喜欢吃方便面，果腹、方便、不用洗碗筷。

直到自己有了孩子，才明白父母对子女的爱，基本表达就是在饮食上予以满足。在他们想来，一碗热腾腾的米饭撒一把虾皮或者就着腌黄瓜就是一顿美味；天大的事不是事儿，只要孩子按时吃饱饭就好。其实我们那时离家求学的孩子，吃不饱的少，吃得好也难。邮包是大学生活与家乡发生的"和合"，像一味药，父母用来治愈他们的思念病。

大学之后择业，我选择了更远地离开。有了自己的收入和生活，父母的邮包开始零星了些，他们对我雾里看花，并不清楚我需要什么，或者是对自作主张远行的我产生了一丝埋怨。而我先拿起了电话要东西，先要的是这边买不到的搓澡巾，因为我洗澡还是洗澡，不是"冲凉"。父亲和母亲终于发现我去的那个"大城市"也有买不到的东西，不知是有点兴奋还是怎的，他们各自行事，分别给我邮了几箱各色花式、长短、用途的搓澡巾。后来我记得我又要了羊肉泡馍，那时候已经有类似方便面包装的，那时我怀孕，想家乡味道的饭食想得痛哭。那时才明白自己真正的籍属，是胃告诉我的。

邮包大爆发的日子，是儿子降生的前前后后，从吃的、用的、玩的……包罗万象，无所不有。当邮寄已经没有办法缓解他们对我和新生命的思念之情的时候，他们又开始来来往往，小住之后回去又更加不安，于是大批邮包来袭。

　　我不断地要去邮局拿邮包，于是我不断地告诉他们不需要的东西不要寄了，有需要的我会说。可是很多次我刚放下电话邮包又来了，我发火，我威胁拒收，这对于他们也几乎是耳旁风。

　　父亲看到我们住在榻榻米上，总是说潮。我们说习惯了，他不语。于是在他回去后不久，我们收到了一个邮件，但是要去火车站取。记得老公破天荒地打了那么远的车把这个"厚礼"搬回来，是一个羊毛毡子，没有染色，没有任何花纹，极重。父亲说这是乡下的亲戚的手艺，他只给了 500 块钱的成本，可是邮费（还是走的火车货运慢件）更贵些。父亲说这羊毛毡子隔潮最好，又极厚实不怕磨损，用个几十年没问题。正好赶上这边的"回南天"，我们把它铺到了榻榻米上，果然好用，连尺寸父亲都是暗自量过的。

　　享用这个毡子没多久，忽然全家人身上都开始奇痒，最后竟然发现被子上有跳来跳去的虫子！那几天我们都要疯了，买来洗猫洗狗的药物一件件地洗，偶尔还会和老公像猴子一样在彼此身上搜寻，最后恍然大悟——虫子的老家是在羊毛毡上。是在乡下就粘上了虫子，还是运输途中？不得而知。只是实在没地方"安置"这个毡子，又舍不得丢掉，于是我们两人将其卷起，抬到顶楼上翻晒，又时不时去喷药，希望毡子可以"洗心革面"。可几天后的一场大雨让顶楼的毡子吸饱了水分，散发出阵阵动物身上的味道时，我知道，这个毡子已经废掉了。

　　邮寄过程中坏掉的食物、不合体的衣裤鞋，成本贵过本地的物品……我无法阻止这样的邮包。一段时间里邮包成了我的负担，终于有一次发火，是对父亲。那次他邮寄了大量的东北榛子给我，他知道他的外孙喜欢吃，可是他用几只鞋盒子盛的。我打电话质问他是不是糊涂了，他讪讪不知所言是何。那是父亲最后一次邮寄东西给我，约半年后，他走了。

他那时也是在病着，只是他从不表达。父亲一向身体好，即使是病着也一直自理，他忽然的离去让我一次次地想起那盛满榛子的鞋盒。

我发现我也开始给母亲邮一些不合时宜的东西了，现在方便，无需邮寄，网上下单，质量亦有保障。她却总说不好，不要邮了，我想她是担心我花钱，于是就在磕磕绊绊中，我反复着我的行为。直到有一次我知道她吃了香港小熊饼住院之后才开始收敛。西方谚语说："一个人的蜜糖是另一个人的毒药。"小熊饼风靡，可她已经不能吃太腻、成分太复杂的东西了。

宗萨仁波切说：一切有情众生而发愿证悟会产生巨大的力量。我们人类无论如何命运辗转，遭遇苦难，却总能站起身来，治愈伤痛，生生不息。因为我们口中有愿，心中有爱。

那个叫我小婷的人

　　他在厂里应该是个无足轻重的人。尽管他有跟随着东北的总厂支援到这个黄土漫天的"三县"的资历，尽管他当时年富力强，专业熟。他辗转各个车间都任过职，当代理车间主任的那段时间，他钻在车间跟工人们一起没日没夜地苦干，他的三个月业绩比正牌主任三年都猛。他颇有见地，文笔好，还有一手漂亮的字，三十多岁就开始写管理方面的文章，曾在行业期刊杂志上发表。来到大西北后，他的资历感觉比历届厂长都老，可是他从来没进过厂部这种核心管理层。他在一个叫计划科的科室里工作伏案，一脸愁苦，看上去像个老会计。这一切的一切都怪他的档案上有着这样一行批注："此人不可不用，亦不可大用"，因为他是地主家的崽子。

　　在那个年代，因为是地主家的狗崽子，他不可能有政治前途，也不可能有事业，家庭也只是他的姑且将就，只是肉体暂时的栖息。等到 20 世纪 80 年代这种影响慢慢消弭，他已经 50

多岁了，前途尽失。他悄悄摸摸地内退了，这是一种非常不划算的退休方式。

让他这么做的原因是市里有个亏损很厉害的厂找他做厂长。他不懂故作姿态，义无反顾地就去了，去了之后，才知道是副厂长。

时间就划到那个他人生中的黄金时期，我是他的老丫头，那时候十一二岁，他四十有三生下我，偏爱的很。

少女时代的我假期里独自坐着火车，去市里看他，喜欢跟人攀谈聊天，话匣子打开就没完没了，没有被人贩子带走，是造化好。

我在他的宿舍里伏案写作业。两张简陋的单人床中间是张桌子。宿舍楼下是车间，轰隆隆的声音总是不绝于耳，甚至楼板会跟着颤。但他最喜欢听这种声音，尤其是夜里的，这代表着厂里这个月有钱发工资。

他每天在我没起床的时候就走了，桌上放着我爱吃的酥饼。中午他回来，推门进来的时候总是笑意盎然、情绪饱满地说，爸爸回来了！他穿着满身油污的中山装，如果系个围裙甚至就是路边炸油条的。他急忙地点燃炉子，我对炉子没有了任何印象，好像是蜂窝煤炉，但是记忆中又没有蜂窝煤堆。记忆有时候是奇怪的东西，是那么鲜明，场景甚至气味，甚至每一个毛孔的感觉都能还原，但是又是那么的模糊，逻辑线上的基本元素都缺乏。总之就是他会在屋里和门口的炉子边转悠忙碌，切切煮煮。我有时候会被香气吸引，看看锅里的菜，有熟的就塞到嘴里。记得有一次父亲在炸鱼，熟一条我偷吃一条，周而复始。最后他忙乎半天回头看到盆子里只有那条刚熟的鱼，于是他乐呵呵地说了句，哎呦喂，我的老姑娘耶！我咯咯地笑。他不像我妈，他几乎从不对我生气，更别说打我。

下午他就回来的晚了，我经常去他办公室找他，可是最容易找到他的地方还是车间，里面轰鸣声巨大，找到他也说不了话，只能比划。他塞给我钱，让我自己吃东西。我接了钱蹦蹦跳跳地下楼，走出去悬挂着"西安钻头厂"招牌的院子，门房里应该有个不起眼的、总是睡觉的大爷门卫。我一般去附近吃爱吃的凉皮子、菜夹馍。踌躇着，是吃夹土豆丝的还是夹胡萝卜丝的。

有一次我执意把他那油渍的中山装拿去水房洗了，不知道放多少洗衣粉，就无限量地倒，整个水房地水槽里都是沫子和泡泡。洗是自然没洗净的，但是这桩事情却被也被他无限量地提及：小婷十二岁就帮我洗衣服了……

宿舍里夏天没法睡，门大敞着，风扇仿佛吐出的都是热气，我浑身涂满清凉油或风油精，对抗着呼啸的蚊子，他却随时都能打起呼噜。寒假就好多了，第二年寒假里去，他的工厂有食堂了，他打来热乎乎的菜，就着馒头吃。

寒假连着的就是过年，他通常会让我买自己喜欢的衣服和鞋子，我很挑剔地走遍整条街上的商店，但害怕迷路，只敢直着走直着回。

那一年，来了个退休返聘的技术"大拿"，是爸爸的老友，被带到这家工厂里面，这伯伯爱自制羊肉串给我吃，用自己焊接的炉子，自行车车条做的钎子，把鲜嫩肥美的羊肉串成串儿烤熟。我人生第一次尝到那腥膻的、和着孜然粉的美味，终生难忘。

还记得那年，他神神秘秘地拿出一只手表，黄灿灿的，说是什么石英手表。他仔细地调整着表带的松紧给我戴上。我不觉得多么好看，但我明白，我是他最偏爱的小孩。

过年回家，他还带回了冻得梆硬的羊肉卷、铜火锅和碳。两个姑家的表姐也从东北农村来家里过年了，爸说一个安置上大学，一个安置进厂上班。工厂扭亏后运行良好，效益也不错，都开始四下招工人了。甚至厂里还有了一个年轻的打字员，满头的大波浪，每天下班后都被她骑着摩托的男友接走。

到第二年我的暑假，我又去市里看他，这一次看到了二姑家的大表哥，他在上军校，是个出息的孩子。我那时候开始厌倦数学，一边吃着卜卜星（当年流行的零食），一边写数学作业。问：求有多少辆车可以按时达到甲地？我答：你说几辆就几辆。暑假作业都是应付，反正老师也不会批改，就是翻一下，里面有字就行，然后在最后一页写个"阅"。

大表哥看到后笑了，用一嘴的大碴子味儿的东北普通话给我讲题。大表哥本来是个农村兵，有一年回家跟二姑要四百元钱，姑姑问干什么用的，大表哥说"我要考军校"。二姑知道这个事儿的难度，但还是心一横，凑了四百元。大表哥搞到了名额，请假回家足不出户苦学了一个礼拜。这一礼拜，二姑天天弄羊奶冲鸡蛋，热腾腾地端给儿子喝，大表哥也是对得起这个钱和羊奶鸡蛋，最终考上了军校。

这回来，是即将毕业的大表哥愁分配的事情，开始"走关系"了。想着这个舅舅现在混的可以，应该认识几个部长什么的，因此也不远千里来了。

于是他这个当舅舅的就每晚写信，写给那些多年前的老友，一封封厚厚的约有四五封的样子，都是由我带着大表哥郑重其事地丢到邮筒里去的。

暑假过去又是寒假了，我又坐火车去接他。厂效益明显好了，厂门口宣传栏里贴着红纸的光荣榜，表彰优秀的工人的。一朵朵的红花装饰着光荣栏，街对面都看得到。而且厂里又来了一位分管技术的副厂长，也是他的老友，据说请了很久也不肯来，是今年年底才答应下来的。他的老友来了，他高兴得什么似的，老哥俩去喝酒，他会喝得醉醺醺地回来倒头就睡，我在对面床上被他的鼾声吵醒，下床给他盖被子。

隔年由于我学习成绩下降，妈限制我的寒暑假"出逃"计划，这样我就差不多整一年没见过他了。

中间，他托人给我带来一只小黄猫，我养了大半年，又被我妈给卖了的那只。我盼啊盼，他终于回来了。

只是这次回来，他带回来全部行李，说不在西安干了，表姐们也没跟着来了。大年三十的，他一个人蜷缩在里屋，不开灯，听87版《红楼梦》的磁带。

孩子们总是有更多的事情分神，很快我就忘记了落寞的他，而他据说也要继续出门了，他说他要回东北，要去开店，他想自己做生意。

走的时候，他跟我絮叨了很多，很多我都不记得，我只记得他双手缓慢地搓着，解释自己为什么要走。他说，为别人做嫁衣做好了最后就卸磨杀驴被踢出去，所以还是要自己做自己的事才牢靠，东北有很多他的老关系，做事就更容易，做好了，肯定会把我接过去，说，让我考大学要往东北考。

我记得年幼无知的我说我还是喜欢西安，还列举了西安的一大堆好。

那次谈话，标志着他一生中最黄金、最有斗志、最春风得意的几年结束了。

他最终把我哥调去了东北，那片他的故土，经过了几次挫折，他再也没有"老夫聊发少年狂"的斗志，而是用"无颜以对江东父老"似的执念留在东北。我在西安上的大学，大学结束后又去了深圳，我热切地规划着自己的未来，是阳光，是沙滩，是鳞次栉比的摩天大楼，我的视线里几乎没有他，是的，是他先抛弃的我，而我已经长大，不再需要他。

距离那段黄金时期一晃二十年过去了。一天我接到一个电话——是他，他那时已经病了一年多。

他口齿不清地说，小婷，爸爸，不行了……

我像是被晴日当空的一个雷劈了一样，我丢下电话，连滚带爬地收拾行李，买机票，买高铁票。

我的大脑高速地转着，我想，他只是一时的多愁善感，是他的意志不坚强，因为他的身体一直是硬朗的，即使是在病后，他走路也像风，还时常去看人家打麻将。前几天还接到哥嫂的"投诉"，说他在耍脾气。但是，我怎么听到这话，怎么就疯了一样地奔向机场了呢？

等我到了他身边，我发现他再也不能说话。他的喉咙被痰一样的东西堵住，瘦到脱形的他极度疲倦似的昏睡着，身上一堆管子和仪器。

四个小时后，他的血压没了，他平稳地走了。

几天后，他出殡，只有几个我哥的同事走过场凑凑数。一个经常和他一起泡澡的老头来了，那老头孤零零地来祭拜，口中念念叨叨，失焦的眼里透着真切的哀伤，可相距不远的姑家亲戚鬼影儿都没一个。早年间爸妈关系不好，妈把我的姓改成她的，我颇为不满。但直到这个时刻，我觉得这个家族的姓氏对我没有任何意义。因为不管我姓什么，我都是他的小婷。

但那个叫我小婷的人没了。

苦娃

　　苦娃姓周，生在 20 世纪 70 年代初的西北农村。一生下来家里就欠了不少"饥荒"。都是他命硬，前面两个娃一生下来就"站不住"（夭折）。一向要强的周家婆婆恼怒不已，对苦娃他娘动辄打骂，并逼着立下字据，意思是再生再不活，即刻赶出周家门。他爹丧着脸带着他娘四处求医。苦娃他娘喝完汤药，又把药渣用碾子碾碎了吃下。整整花了全家一年的麦钱终于又怀上了，也是因为苦娃爹在部队上，一年到头难得探亲几回。苦娃娘怀娃期间仍是战战兢兢，喝汤药，吃药渣，苦娃在娘胎里就开始"吃苦"。

　　苦娃生下来时虽然黑了些，但总算全须全尾，哭声嘹亮，称了一称居然是 7 斤的大胖小子，真是给祖国中医长脸，没白拉饥荒。家人给苦娃欣然起名"周七斤"，苦娃刚一落地，苦娃奶就用小勺勺给娃灌了一口黄连水，说是周家祖上的惯例，吃得苦中苦方为人上人，一口黄连水，永世福根根。

苦娃他娘在生他的时候，亏空了体力，竟然没一滴奶水。眼看着娃的哭声渐渐弱了，周家奶奶抱着苦娃四处找奶孩子的娘去"蹭"奶吃。村里正奶娃娃的妇女一串溜，苦娃他奶在心里筛选了一遍：身体白净瓷实的翠红她娘最好，还有栓定他娘也行，最不济还有脏兮兮的肥狗子他娘，人家生养了两个儿子，前不久又生了个闺女，都是在自家炕上生的，哪像我家那个蠢媳妇……

翠红她娘正在擀面，听说来意，连忙解开衫子接过苦娃，把红彤彤的奶头塞在苦娃嘴里，这月子里的苦娃饿得昏睡着，奶头往嘴里这一塞，却不是本能地吮吸，而是撇嘴大哭起来。苦娃他奶咂着嘴眼馋得不行，这到嘴的奶水吃不成？急得她骂骂咧咧地伸手就去捏翠红她娘的奶，翠红她娘"哎哟"一声，充足的奶水直滋出一条长线来。这饱溢奶汁的奶头再塞娃嘴里总能尝着味儿了吧？这可是香甜管饱的奶呦，可劲儿吸啊！可苦娃就是哭，就不吸。苦娃他奶又想上手捏人家的奶子，这翠红她妈脾气再好也不让了，掩上衫子说，姨，你到别家看看吧，娃不吃我的奶，跟我不亲哩！

苦娃他奶只好悻悻地抱着苦娃走了。一个晌午苦娃他奶走了四家奶娃娃的，可是苦娃一滴奶也没吃上，他就是不肯吸别人的奶，按上去也是白搭，光嗷嗷地哭，最后无奈只好抱回去。不过也不算白忙乎，肥狗他家看着苦娃可怜，给了一袋粗奶粉，估计就是麦乳精或是现在人说的植脂末什么的，又寻了个旧奶瓶给了苦娃，就这样，苦娃一打生下来先尝到的是饥饿滋味，除了喝点粗奶粉，他为了充饥只能成天叼着他娘干瘪无汁的奶头。

　　好不容易熬到了可以吃点大人饭的时候，家里把仅有的一点白面粉给他做碗小面条吃，但苦娃娘不能一边让他吸着奶头，一边烧火揉面条，因此他特别不耐烦，总是大哭以示焦急。一次，苦娃娘把刚出锅的白面条端出来，边走边吹着面条，苦娃一眼瞄上去以为是娘要吃他美味的面条，竟气得"嗷"了一声没了音，背过气去了。苦娃奶大惊失色，丢下手里的活计，一边抱着苦娃又是拍打又是掐人中，一双小脚跑得飞快。苦娃娘在后面追着一路哭，引来半村人观看。刚迈进卫生所大门，苦娃"哇"一声哭出来，一路颠簸中的苦娃被颠得缓过气来了。他娘想上前看下，却被气急败坏的苦娃奶当头抽了几鞋底，说她"叫你嘴馋偷尝娃的面条"。

　　看热闹的人说，你屋七斤咋这气性大呢。也有的说，这娃忒灵了，这么碎（小），护食本事大得很呢！

　　苦娃奶只听进去一句，这娃忒灵。说，我娃就是忒灵。

　　从这以后，苦娃娘擀面，苦娃就衔着周老太太更干瘪的奶头继续做吸吮动作。好像他也不是忒灵，这就蒙混过去了。

　　拉扯到一周岁了，苦娃奶挤出了几毛钱让苦娃爷把娃抱到集上照相。苦娃满心不高兴地看着黑洞洞的镜头，仿佛在说，这啥玩意，能吃吗。他的嘴唇在吮吸蠕动中练就得厚实有力，眼角、嘴角向下撇着，一副极为不耐烦的样。

　　苦娃快两岁的时候，生产队里分下了一批大牲口，有耕牛，也有退役的蒙古大军马。队里研究分配方案，怎么分，都不圆。最后老村主任建议用老办法：抓阄。

　　抓阄那天，苦娃爷抱着苦娃，苦娃公开亮相时是穿着整洁、脸抹得干干净净的样子。周家郑重其事地宣布由他们大孙子来行使抓阄权。都说孩子的手干净，手气好，就和打牌新手初打时，手气很旺一个理吧。苦娃在爷怀里，听话地俯下身抓了一个纸团，爷爷打开一看，整个人都懵了——周家抓了个蒙古大烈马！

那个年代的农民都希望家里有头牛，那就像现在人家里的汽车，是必需品，因为牛能干活，驾辕、犁地，吃苦耐劳。而大烈马呢，吃得精细，脾气不好，还不干活，你给它驾个辕试试？踢死你。所以呢，牛比马金贵十倍，尤其是这大烈马，就是个赔钱货。如果搁现在，人吃饱了没事练个马术什么的，抢着要这种血统纯正的高头大马。

可那是 20 世纪 70 年代的中国西北农村，一切都以实用为目的。苦娃爷垂头丧气地回了家，苦娃奶坐在院里地上哭喊着这日子没法过。骂苦娃爷是个挨千刀的，把娃抱着站的位置不行，娃胳膊短只能抓着跟前的，又骂是哪个黑心的攒的阄纸蛋蛋。

苦娃爷也是被逼得没辙，竟然把马拉到打谷场上，一手拿着鞭子，黑了脸准备给马驾辕。苦娃二叔跟着，那时还是一个没长足身量的半大小子，旁边还跟着两个看热闹的闲人。只见这马膘肥体壮。由于不干活还喂精饲料，浑身是膘，滚瓜溜圆，长鬃披背，油光瓦亮的。正所谓红鬃烈马。

这马见要训它，先来了个双蹄高扬，立了起来。苦娃爷和二小子加上旁边帮忙的两人一共四人才将马头压下来。大烈马又后蹄乱踢，原地打转，带着人跟着转，苦娃爷下了力，逆着方向身体下蹲愣拽不撒手，这好一通折腾，把马稳住。忙了半晌，费了九牛二虎之力给它上了夹板肚带，四个人全都热气腾腾，把棉袄甩掉。

一人就说，伯，这马弄不成事么。

另一个说，不如卖了，凑点钱再买牛。

苦娃爷说，不指望它能犁田，但也要能驾辕拉车。不然卖都卖不出去，再说，家里哪有钱凑着买牛哩！

人歇了下汗，马也消停了下，蛮劲儿又上来了，苦娃爷刚靠近那马，只见它后蹄飞起，差点踢到人，接着脖子一甩，乱挣，猛地一下绳子脱了手，直着脖子就冲出去。

苦娃爷叫唤了句："不好！"就在后面紧追。大烈马夺路而逃，围着麦场乱跑。苦娃爷一个箭步冲了上去，双手拧住缰绳不撒手，却根本扯不住，被它拖行着满场跑。

伯，你撒手！

大！大！苦娃二叔哭哭啼啼。

苦娃爷要是撒了手，在地上滚两下，就脱离危险了，可就是没见他撒手。大伙赶紧冲上去截，可巧的是刚好隔壁村的一人走亲戚走到这，一看这架势他急忙飞奔而来，拾了根柳条子就冲上前去，怎么当鞭子甩动的没看见，只见马就失前蹄摔倒在地，那能人撸着马的脖子和鬃毛，马站立起来，摆动着马尾。

旁人忙把苦娃爷拖到一边，那时节麦场上麦垛、麦草满地。苦娃爷没有受重伤，只是双腿血厘呼哧的皮外伤。他站起身，谢了那位能人，又一瘸一拐地牵着马在麦场上溜。溜了两圈，回到马棚拴在槽上。

苦娃爷每天如此，下了力去溜达大烈马。这样训了一冬，开春时的大烈马居然能拉车、拉套犁田了。虽然它时不时发毛、犯脾气，但苦娃爷总是不急不躁地让它耍耍性格，然后它就乖乖地就范。这马呢，体质好，又带着蒙古马吃苦耐劳的品德，竟成了远近闻名的一匹好马。

再看别家的蒙古烈马，不干活还惹事，不是踢了人就是脱了缰，还有的竟被杀了吃肉，真是暴殄天物。

人家都说老周家真是运气好，苦娃爷全然忘了驯马的过程，乐呵呵地说，我孙娃抓下的，肯定是好的。

一晃苦娃上小学了。苦娃8岁那年，他爷忽然没有征兆地在睡梦中死了。死前头一天还干着地里的活儿，说头晕，但还吃了一海碗擀面，然后就睡去了，这一睡就没有起来。农村下过苦力的人一般死前都毫无征兆，对于他们来说，没有瘫炕上，没有耗尽家财，死亡是件稀松平常的事儿。

丧礼上，苦娃披麻戴孝。他拿个瓦盆敲，烧纸磕头。他麻木地完成一系列程序，只是没哭。苦娃想起爷带他去集市耍，只买一碗羊肉泡馍给他吃。他贪馋地一个人吃完，不给爷留一口，但是人小胃弱，吃完不消化又呕吐出来，白瞎了。苦娃爷要下葬了，他还是不哭。农村规矩就是孝子贤孙的悲声必须凄楚，先人听了才满意，才会走得舒心。

苦娃被踹了一脚，"有人责问你为啥不哭。"他眼泪在眼里打转，还哭不出声，一拧头看到身边跟着的黑油油的大狗却"哇"一声嚎起来。

大黑狗是爷给苦娃寻下的。苦娃胆小，怕玉米地里有狼，不敢去上学，爷特地给他找来了一只黑狗壮胆。一开始苦娃还弄不住这狗，苦娃爷说，娃，你给狗起个名，它就听你的哩。苦娃说，叫黑奴！你看它黑的。苦娃爷说，好，就黑奴。慢慢地，黑奴就成了苦娃的保镖，跟进跟出，一起走过那片齐人高的摇摇曳曳的玉米地。想至此，苦娃嚎得一发不可收拾。

苦娃爷走了，苦娃爹在部队上，家里地里很多活计落到苦娃娘肩上。老周家他屋有两儿两女。苦娃爹是长子，下来两个姑，嫁人了，苦娃叔老幺，脸生得白净，模样疼人，自幼是苦娃奶的心尖尖。但他书没读成，长大后打个散工，只顾自己吃喝。不成器，也不见个人，啥都指望不上。

这年晒麦时节，天气变幻莫测，一会儿阴云密布，要滴雨点的样子，却又憋回去了，一会儿又刮风，阴晴不定的。收割完的麦捆子一扎扎堆在场上，家家排队都急着赶紧脱粒。三秋不如一麦忙，当时还没有收割机，就用镰刀割麦子。苦娃娘一个女人加个两个麦客，四五亩地收割完运到打麦场上，一点儿不敢歇息。那时有一种叫"脱粒机"的机械，人往脱粒机簸箕口填塞带麦穗的麦秸，麦粒和麦秸从出口快速地吐出来，用木杈挑走麦秸，再人工簸几次，基本就是净麦粒儿了。脱粒的人排队到半夜，苦娃奶带着苦娃回去睡了，苦娃娘一人守着。

祖孙刚歇息下没多久，就被砸门声惊醒："老周家的，老周家的，不好啦！"苦娃奶惊慌起身开门，一个村民大惊失色地说："娃他娘手伤了！""她人呢？"苦娃奶问。"直接拉卫生所哩！"

祖孙二人赶紧赶去卫生所，只见苦娃娘躺在病床上面无人色，双目紧闭。苦娃永远记得那一幕，娘的一只手绑扎着，看得出不是简单的伤，而是骨头断了，鲜红的血淋漓一地，到处都是。苦娃娘给麦脱粒的时候天黑透了，她一个没留意，伸进去的手指头被机器轧住而且往里拽，苦娃娘惨叫一声，整个人眼瞅着被机器往里扯，旁边有个聪明人一看不好，立马给机器断了电，脱粒机停止了轰鸣。

苦娃娘在卫生所昏迷了三四天，第五天苦娃爹才赶回来，医生见了第一句话就是，赶紧把你媳妇拉到大医院吧，她的手保不住哩！

苦娃每天仍由黑奴陪着上下学。只是回到家黑灯瞎火，冷锅冷灶。邻居婶子每天会端碗饭给苦娃吃，苦娃喜欢吃婶子家的饭，香，但不喜欢那婶子看他的眼神——充满怜悯，神经兮兮的，让他不自在。

苦娃再见到娘的时候，娘整个人小了一圈儿，仿佛轻盈了很多，一个空荡荡的袖管在晃荡——娘的一只手臂截肢了。苦娃有时听到娘在屋里低声地哭，他就不进房，在院里与黑奴耍，一直待到夜里。

过了几天，娘下炕了，试着在院里走动，她时常要伸开臂膀保持平衡，截肢的残肢就像刚出壳小鸡的翅。她走到苦娃面前，给了他一个盆，一块胰子，告诉他，以后你要自己洗衣服。苦娃就开始自己洗衣服，渐渐地也洗苦娃奶和苦娃娘的衣服，一双小手成日在井水里浸泡，紫红紫红的。冬日里生了冻疮，他觉得应该涂点药，又不想跟屋里人说，原来屋里人就不爱说话，自从爷死娘残之后，更是没个声响。苦娃自己研磨了些红砖粉末，像撒药粉一样撒在冻疮上，他心里觉得这是自己的发明，值得保密。

凄惶的日子慢慢熬着，苦娃的日子就像是"胖大海掉进黄连水里"，在苦水里泡着。泡了十年，苦娃爹终于转业回来，在县城里工作了一段时间，把家人接来安置下。村里人都说苦娃娘是王宝钏熬出寒窑了，那年苦娃也上高二了，快要考大学了。

刚进城的苦娃跟自己爹不熟，更不亲。他把洗脸水随地泼洒，他爹骂过他一次，就那么一次，但是他跟爹更生分了，也有些怕他。他觉得爹太沉默寡言，要靠观测和猜测，他甚至养成了偷看爹脸色的习惯：迅速地用眼角撇一下，迅速地挪开目光。

人生是一个纵线迈进的过程，世界层叠地打开，如果是成年后的苦娃，很容易就能理解中年父亲的沉默。苦娃爹文化不高，年纪偏大，他转业到地方上，工作谨小慎微，兢兢业业。庞大的体系里谁知道谁的背后有谁，作为后插进组织的干部，就像进入有机体一样，要非常小心地融合。而且就是想搞歪门邪道也没这个条件，家里穷，家务事多，一身病的残疾老婆，处处要花钱的娃，家里还有要赡养的老母亲和要接济的弟弟，苦娃爹成日觉得自己矮一头，除了苦啥都不敢想。

他收入实在微薄，虽好歹也是干部，但是他拉得下脸时不时去菜市场捡菜叶子，说是喂老家的兔子，其实大半都是家人果腹了，或炒或煮或腌。

苦娃身量刚长足，唇上的胡子剪不干净。刚进城的时候看啥都新奇，尤其是家里的一个旧电视，是邻居淘汰的，卖给了他们家。苦娃抗拒不了电视里光怪陆离世界的吸引，每天一放学就守在电视机跟前。每次一边看电视，一边偷听脚步声。一听到好像是爹的脚步声响起，就赶紧关电视，再嗖地窜到书桌前。一次苦娃看得太入神了，直到他爹开门了才跳起闭了电视，慌忙弹到一边的书桌上。苦娃爹进屋一句话不说，撇了苦娃一眼，走到电视前停下，伸手摸了摸电视机的后屁股，就是散热的地方。苦娃的心狂跳，他知道自己都看了好几个小时电视了，电视机不可能不热。苦娃爹摸了摸之后，仍是一言不发，若无其事地走开。可是自此，苦娃就再也不敢看电视了，慢慢收了心，在学校里成绩一直在上游，是大学门槛触手可及的那种名次。

苦娃想考北京的大学，或者考去上海，城市越大越好。他爹转业进了铁路系统的单位，按说家属坐火车都是半价的，但他从来没有去哪儿玩过。他向往外面广袤的世界。可是他爹一句话就断了他向往星辰大海的心，他爹冷冷地说，你只能报考省内的大学。

苦娃气愤，苦娃想不通。他记得有一次跟同桌说闲话，说起他昨晚吃的粉条馅儿大包子，是在他爹单位食堂买的，可惜是按人头配额，他家四口人只能买四个，他吃到了一个，那个香，那个好吃，那个其味无穷……同学问了一句，为啥你只吃到一个？苦娃说，因为家有四口人啊。那同学说，我屋吃啥都先可着我吃饱，吃美。苦娃哽住，没话说了。爷死后，他好像再也没有那种被疼惜的感受，紧接着娘残了，8岁的他被迫一夕间长大。

苦娃没有抗争，唯一的抵抗就是一直不跟爹说话。他默默地考上了省城内一所重点大学，坐火车只需两个小时，临行时，爹娘帮他打点行李，爹跟在他身后忙乎，脸上满是讨好的神色。苦娃奶哭了，说我娃不容易，撩起衣衫拭泪。

苦娃知道父亲的收入分成三份：他一份、家里一份、叔家一份。叔结了婚的，生下两个娃，仍然是不见人，婶子一家的基本生活靠苦娃爹这边补贴。补贴了多年依然是理所应当的，苦娃奶疼孙子更疼小儿子，稍微往那边邮钱邮得慢了些，奶就在家里躺着开始各种耍"麻瘩"。

苦娃刚去的头一个月的月底饿惨了，每天晚上胃里像养了几百只青蛙一样狂叫。第二月开始他很严谨地规划每一分钱过日子，食堂很少去，只敢买馍馍充饥，到了月底几天没收到汇款单时心里还是慌。校门口一字排开的各种摊档哟，更是他从来不敢涉足的美食天堂，有砂锅米线、肉夹馍、菜夹馍、炒面拉条子以及晚上香气弥漫的烧烤，他那时想的是除了馍馍有包榨菜吃就已经很知足了。

挨饿之后脑筋就分外清晰，苦娃开始了各种打工生涯。他课余去做推销，就是那种去扫街的"地推"。他第一次信心满满地敲开一家公司的门，恭恭敬敬地把资料放在一个胖胖的女人的办公桌上，刚想开口说话，就被女人厉声呵斥，谁让你进来的？那女人还站起身来，把他放在桌上的资料扒拉到地上，像是怕弄脏了她的桌子，说，出去！苦娃默默地拾起地上的资料走了，想起爷说的，蒸馍好吃麦难种。这份无望的工作他坚持了很久，虽收入甚微，但他安慰自己说，至少熟悉了省城的办公楼，还可以改掉一口方言，熟练掌握普通话。

苦娃暑假回家后也没闲着，介绍着附近的农民在他家附近卖西瓜，在摊上一守就是一天，从早晨到半夜。旱地沙瓤大西瓜甜，农村人拉着牛车来卖又便宜，所以每人一买都是四五个，苦娃就一袋一袋地背着给人家送货，有时要爬高楼。苦娃愁的就是背着袋子没办法擦汗，眼被汗水蜇得生疼，抬眼看路，一个月下来硬是长出了三道抬头纹。

苦娃瞄上了学校的奖学金，为了吃饱，他刻苦地学习，等拿了奖学金他又不想去光顾"美食街"了，他把钱偷偷地给了苦娃娘，让独臂的娘买洗衣机。

已经大三的苦娃很适应他忙碌而充实的生活，他普通话流利之后就顺利找了几份家教的工作，解决了温饱。一天下着小雨，苦娃骑车赶时间去代课，跟飞驰的汽车撞上，倒在地上不省人事。万幸苦娃仅仅是断了小臂和几根肋骨。苦娃爹知道儿子受伤后心酸地偷偷掉泪。自此下了决心，他弟一家他再也不管了！苦娃奶闹腾，苦娃爹都没有动摇。

这之后，苦娃手臂打着石膏在校园里被苦娃叔堵住，说想苦娃了。苦娃欣喜，带叔去美食街，狠狠心点了砂锅和炒面，叔还要了二锅头。苦娃叔40岁出头的人已经是个酒鬼，没有饭可以，没有酒不行。

叔说起他走南闯北的见闻，嘬一口酒就说一段，一会儿说得开心，一会儿又哭起来。苦娃想起小时候，叔经常也是乱跑，打工不管挣下不挣下钱，总是称了糕点给自己老娘，就是不给自己媳妇吃，也要给老娘吃。苦娃最后把身上的几十元钱都给了叔，又说，以后我挣钱给你，叔你莫怕。

叔又红了眼眶，说苦娃，叔拖累你屋哩。

苦娃说，一家人，没啥。

苦娃想，叔应该是古时候的游侠，或者是清代的八旗子弟，人不坏，就是对家庭没有概念，讲究个吃喝，讲究个及时行乐，结果苦了的是自己的媳妇和娃。

苦娃毕业后顺利分配到省教委信息中心工作，那时正赶上全省考生档案信息化建设的大工程，苦娃又发挥了不怕苦不怕累的特长和专业能力，工程进展很顺利。他屡获领导表扬，成天拿着茶杯乱转的顾主任看遍了这几年新招的人才，就觉得苦娃最靠谱。他甚至想招苦娃做女婿，他觉得这孩子前途无量。

可是有一天，苦娃忽然提出了辞职，并且很坚决。领导们都气坏了，尤其是顾主任，他心想，我女婿就这么跑了，咋行？他一直死压着苦娃辞职的事。

这一天，苦娃找到顾主任，坐下开门见山地说，我叔死了，7口人都要用钱，我要去挣钱。

原来前不久苦娃叔没事在村里溜达，围着一个小卖铺看播放的录像。村里人现在也很会做生意，播放些港台片吸引人去看，看的人会买点啤酒花生啥的。正看着，两个村里的小伙子打了起来，说是谁把谁媳妇拐跑给睡了。嘬着小酒正看得美的苦娃叔被这一打扰，也看不成了，觉得他们真是吃饱撑的，不就是个女人嘛，谁又是谁的谁，咋这么小气呢？就过去拉架，结果当事人那小伙家原就和苦娃叔不睦，苦娃叔原来倒腾文物的时候，那小伙家的铜镜就被他连忽悠带蒙地便宜收来，倒手挣下钱又出去吹嘘，给小伙家人知道了，上门去打架，村里调和了几次无果，自此结怨。那小伙一看是他来拉架，当是来拉偏架的，当头就给他一啤酒瓶子，人当场就不行了。

苦娃叔一生浪荡不羁，家人天天诅咒他：咋不死在外头呢！忽然有一天真的这个人没了，闻此噩耗第一个倒下的并不是苦娃奶，而是婶子。婶子一听，整个人跟疯了一样，天天拿着菜刀乱跑，说要为苦娃叔报仇。想来婶子真是很爱她男人，这么多年，这么不着调的男人她无怨无悔地跟着。婶子精神受到强烈刺激，被送到医院需长期住院，叔家的两个娃都住到了苦娃家里面，苦娃奶也病倒，卧床不起，成日哭着说，我儿为啥不爱回家，就是躲灾呢！

苦娃平静地诉说完，又说，我能做的就是快速赚钱，不然这个家就完了。

顾主任听到这，心里惊慌，心想还好没有让胖丫和他相亲，谁遇上这么一河滩子事儿，日子咋能好呢？这娃这命咋这么苦呢！

他想了半晌，叹口气说，我给你办个停薪留职吧。

苦娃说，不必了，档案我放人才市场去。苦娃平静而坚决，就像是十几年后人到中年的苦娃，也是在一间办公室里，斩钉截铁地宣布，作为大老板，他无条件放弃正常运转的公司的一切股权，所有的股份分给一起创业的兄弟们。

这十几年中，苦娃从代理大学时天天跑的打印机产品开始做起，不断挖掘更多的商业项目，后又涉足贸易和实业，包括文化产业和商业地产，摇身一变成为业内知名的成功商人，他早就在滨海的城市买了别墅，接父母去享福了，让潮湿温暖的空气抚慰他们的晚年。两个堂妹一个大学毕业继续留学去了，另一个还在读艺术鉴赏，颇有苦娃叔当年的影子，婶子恢复了神智，在两个女儿身上得到慰藉。

这十几年唯一送走的就是苦娃奶，也是油枯灯灭，安静地、体面地离开。有人说他运气好，在那个年代敢于打破金饭碗，去创业去打拼，也有人说他打拼下来却把股权分给外人，自己又是孑然一身，不懂。于是他讲了这个长长的故事，他说，人生应该是有使命的，他要替他那两个早夭的兄弟和他死去的叔撑起家里的房梁。目前，他的使命阶段性完成，可以去追求点其他的了。人家说，你做啥？苦娃说，我还没想好哩。你的本钱呢？苦娃一笑，说，我可是一生下来就喝过黄连水的，祖传的能吃苦，这是我最值钱的家当！

五、山水一程

秋空夕暮，杳无信

桑贝

　　他的漫画，乍一看，云淡风轻的，线条柔和，软塌塌的。人物都不是很美，不年轻，而且很雷同。《一点巴黎》几乎都是偌大的场景，往往是喧嚣的，司空见惯的城市；城市的轮廓也软塌塌，不很立体。车水马龙，熙熙攘攘的街市上，一个或者一群普通的近乎猥琐的中年法国男人，想着或者做着一件很细微，很私人的事情，并透露出一点辛辣的意味。他，仿佛就生活在我们身边；与楼下公司的某个小职员一样，带着深深的"被生活"过的痕迹、共性和DNA。桑贝不断地捕捉着这样的小人物，展示出时代社会学，他的作品是法国的浮世绘。

　　《我的另一半》不是个连贯的故事，而是一辑一辑的片段。"是一幅各色人等的情感风情画，渴望、计算、付出、等待，每一个情感横断面都黏稠、荒诞，充满怀疑。"正因为是片段，才让我们觉得真实而不杜撰，就像我们生活中的很多一时的念头、辗转的心意都无法把握、无疾而终、随风而逝一样，没有最后的标准答案。人，就是在缺憾中，营营役役中，彼此消耗着走完这段长路。

法国人宣称桑贝的意境高深莫测，连自己国家的人都无法完全了解他。诚如我们不了解自己一样，去揣测桑贝，就只有沉溺在他的漫画世界里，而"桑贝"两个字，就成为进入这个世界的唯一切口。那些细腻的线条浸透着他的个性、情绪、思考、简单、情趣、智慧、火花。很少遮掩，很多真实。

这个曾经拿着作品跑遍了巴黎的出版社的无名小子，曾被学院开除的坏孩子，就像只猫一样，潜伏在巴黎的街角、咖啡厅、露台……俯视着众生，糅合着猫类天生的好奇心、敏锐、冷漠、慵懒。桑贝说，创作出自紧急自卫。那么画笔，于他，就是肉爪中的倒钩了。不管他捍卫的是什么，他表达的都是"桑贝"两个字。

大海

五月，在惠州的熊猫海岸边。风和日丽，沙细水清，引诱着我脱了鞋，裸着脚。脚底的沙是油油的，细腻得让人觉得它是芝麻酱，尽可裹了饼吃的。

细赏着一枚枚被冲上岸的海贝，我喜欢的是沧桑的残贝，它让人不禁猜测它的来历，经历了怎样的生命历程，怎样的台风暴雨，怎样经年的冲刷？

我也喜欢腹足纲的单贝的小巧和精致，常细细把玩。剔而不纳的是双壳纲的贝类，因为两片贝体的分离，像背离了海誓山盟的嘴，胡乱地散落在风尘里。

最喜爱的是宝螺，耳坠似的外形，玉般的光泽，巧夺天工的纹饰，让你惊叹和它的缘分；邂逅在这距深圳仅一个多小时的车程、与污染零距离的海滩上。

背着锥螺的寄居蟹无可奈何地被拾起，它的防御工程全然无效，可怜它蜷曲着身体终日驮着沉重的锥螺，慢慢变得畸形。

而在物竞天择的深深海洋里，畸形不是变态，畸形也是种常态。

我还看见一条死去的小小的河豚，肚子上分布着榴梿一样的幼刺。这种鱼一被惊吓就会把自己胀得很大，而今它很自然地躺在沙上，看着它生前的家园。猜测它的死因，一种可能是贪玩，逐浪，搁浅。另一种可能是被渔民捞起来又因太小被抛弃掉。不远处，渔船还在飘摇。

不知不觉天色渐暗，我的脚闲适地享受着柔沙、海水的冲刷，撩拨起奔跑的冲动，于是扔掉所有捡到的贝壳，拉着身边人的手，沿着海岸线像动物一样狂奔，像动物一样喘息。

发觉脚下的沙粗糙起来，又开始捡卵石。躺在水中的卵石，拾起，又失去了那份神秘，于是，扔向有月影的海面。海，温和地看着我们，看我们像孩童般和它嬉戏着。

烟花砰然响起，在人们的头顶散开，惊得人一边四下"逃窜"，一边又回过头去看那苍穹之下升腾起的朵朵烟花，那繁华的瞬间让这月夜变得完美。

走着走着，我的心好静好静。

小憩

第一次来这里。凭栏而立，但见幽暗假山，瀑布淙淙，水雾氤氲，影影绰绰有仙鹤的影子。回廊尽头，是瓜架子，依了地势，整齐而错落。其他的灌木高低漫延，着了墨色而深深浅浅的绿，无处不在。

空气中有清香，像引诱嗅觉的甜食，令人慵困。吃绵软而味道丰富的竹筒饭，配鲜嫩的蔬菜，清淡爽脆；小磨的豆腐豆香弹滑，腌制的木瓜酸甜清口。抑或是我的错觉，一切不过是平常滋味，只是在巨大布景下呈现的幻象。

良辰美景奈何天，赏心乐事难并有。手边透明的高脚杯里不过是果汁，浇不透胸中的块垒。若有陈醇佳酿，当痛饮三百盏。酒阑灯灺人散后，可有闲阶梧桐可依？

听，萨克斯风绵长的旋律，掏出你痴缠满腹的心事，付与夜色；而软风耳鬓相依，如拥裘细语，安详，从容，洗心。

今夕何夕？不曾期待，终须告别。这夜，这景。

岁月

　　人生是一个苦海，只有把自己最心爱的东西全部填进去，才会跟离去的亲人见面。

　　通常我们最心爱的是自己的孩子；无论何种修养的人，他的成功和财富也是心底最隐蔽的快乐。我们因为不舍，手里攥得满满的，直到自己无奈离世的那一刻，才肯撒手。岁月何止是个小偷，简直就是抢劫犯。不，岁月更是独裁者、游戏规则的制定者，无论它何时给予和索取，我们只能束手。

　　在疼痛、惊恐和不适中呱呱坠地，我们拿到珍贵的入场券，品尝一次既定付费的自助餐。

　　饕餮之客，欲壑难填，来者不拒，予以鲸吞，最终撑死。有的犹犹豫豫，左顾右盼，思虑重重，拿不起放不下，草草离场，饱尝悔恨。也有气定神闲，懂得自控，只取所需，适可而止。期间既不拒绝多样性，又能审慎地取舍。

　　大部分人在年轻的时候最穷最饿，什么都吃，什么都吃得下，慢慢地长大，开始有钱，开始挑食，食不厌精，脍不厌细。再老些，便以食为药，讲求养生，吃饭像吃药。其实这些是由我们的消化能力决定的。消化能力随着岁月而递减，这是岁月制定的规则。

你爱什么，往往就死在什么上面。这话是老舍说的，也是对岁月规则的提炼之一。爱游泳的，大概率死于溺水；爱喝酒的，多死于慢性酒精中毒或者胰腺病；爱钱的，死在钱眼里或者抱着钱死。这句话是提醒人们把握"度"和知足自重的问题。因为我们渡不过岁月这片永恒的海，我们更没有机会反转头，拼力向前，永生的彼岸只是海市蜃楼。

苦海里最终溺去的只是皮囊，是肉身，升腾的是亘古不死的精神。从这个意义上，我们可以藐视岁月赋予的生、老、病、死。

小店

    喜欢那种小店，大隐于连排接踵之市而不动声色，直到有一天穿着平底鞋子的你，闲暇而慢调地与之不期而遇。

    这种小店一般会是原始风貌的"堆货"摆放，不经意中大有乾坤，暗自芳华。仰俯皆是不同类别、质地甚至感觉"穿越"的货品。家居饰品，欧式家私，舶来的工艺品，日本棉袜，洞洞鞋，CK 内裤……怡然共处。可随手触摸，赏玩。物质得让人繁华而落寞。每一个角落的色彩线条，空气中如有如无的香气，无不被"小资"两个字拿捏。

    考验眼光和耐心的时候到了：艳丽的马克杯，缤纷的调酒棒，描金的法国白瓷仕女暗自静默，不端架子。西班牙的琉璃灯，海胆骨烛台，珊瑚树的首饰挂架，锦缎的杯垫让人只舍得在上面放一杯温温的绿茶。万象之中不分良莠，没有价签，让你觉得这些不过是主人愉悦自己的藏品。

目光一直处于游弋状态，看似洒脱，其实深陷，贪婪地满足着对美的涉猎。暗自踌躇如此熟悉原来是看了又看的。却不想带走一件，因为我带不走全部。

故乡印记

　　七月里，我冒着酷暑，回到了距离两千多千米、阔别了8年的故乡。

　　炙热的风掠过这片黄土高原，即便在城市里也闻得到干热，水的味道是咸的，在舌尖荡漾了几回才说服自己咽下去。故乡的变化让人觉得陌生，没变的也不是原来的样子，他们统统折旧、蒙尘和黯淡起来。

　　早上起床都是被鸟儿吵醒的，头发不用吹风机吹而自然干。晚上睡觉前要关闭好纱窗，搜寻并打死所有的花腿蚊子。默默地走到楼楣的时候，会有两只笼养八哥用婉转的女音招呼我道："你好！"你需要认真地回答它们，不然下回再见到你，八哥们会直接对你说"再见"。大院里所有的脸庞都令人感到似曾相识又不知其姓甚名谁，但他们仿佛一直守护着你心底那个故人的称谓，就为你多年后的惊鸿一瞥而存在。

　　据说这个地方也有了蟑螂，它们本来只生活在潮湿的南方，而今的进化，让它们开始在北方安营扎寨。人们还不知道如何提防它们，饭菜碗盏就那么随便地摆放。但是蟑螂还是不如南方的长得壮大和嚣张。回来这么久，只看见一个，畏畏缩缩，干干瘦瘦。不知道它们如何渡来，生活质量如何？有没有隔山望水地想念回不去的老家？

带着儿子在大院里转悠，心情复杂地对儿子说这里是我们的食堂、电影院、灯光球场和洗澡堂、开水站，是这个曾兴盛于20世纪80年代的中国工厂里很风光的设施。还有从县城通往工厂的柏油路，曾像一条康庄大道般引人注目，而今却是县城里最破败的一条路，坑坑洼洼，无力维护的样子。还意外地看见了儿时亲密无间的好友：张志红，那个数次出现在我的文字中的"女孩"，而今，我们各自领着儿子，含蓄地微笑和打招呼。当年，我选择了上高中，而她选择了上本厂的技工学校。就像流经本地的黄河水，分成泾水和渭水两股，我们各自而去。

有空的时候，我会翻箱倒柜，找那些老照片，并且夹带私藏。有一张姥爷、姥姥和姨妈、妈妈的照片，妈妈那时一岁不到的样子，壮实得像男孩，可惜姥姥一辈子没有儿子，她认为自己命不好。还有一张是姥爷葬礼的照片，仪式是按信奉基督教的姥姥的意思办的。长子（是姥爷前妻所生）抱着一个巨大的白色十字架。姨妈都不过十几岁，而妈妈只有八岁，站在最前面，棉袄的扣子全部没有对齐。每个人都面露悲色。这张我不能偷走。还有一张是姥爷年轻时候和朋友的照片，姥爷戴着名贵的水獭皮帽子，着棉长袍，穿皮鞋。姥爷的眼睛是眼梢上扫的"凤眼"，非常的俊美。他的朋友也是一袭长袍，手里拿着铜暖炉，民国风的打扮，既讲究，又气派。

我小时候的照片，均很胖很胖，有一张照片所有的人都看了会笑，因为非常像郑泽士——香港那个大胖子演员，演肥猫的那个。再大些，肥肉褪尽，就有些秀色。据说还有一张我6岁时的照片在县城的照相馆摆了20多年。那张我记得，穿着粉色印花的线衣，满头的秀兰登波儿式小卷儿。那些小卷儿折磨得我每次梳头和洗头都痛不欲生。那张照片上，我笑着，露出一对儿酒窝。

故乡是我们回不去的地方，不是有很多人这么说吗。

时间是利刃，我原来只知道"时间"是爱情的敌人，再爱，只要过了时限，就统统失效。原来人所有的感情都是有时效的。例如失去亲人，再悲伤也还会吃饭、喝水、寻欢作乐。我们向前奔走，奔走在宿命里，一路不停地选择和被选择，丢弃和被丢弃，如果某一时段停下来回头望望会有不知所措的感觉。但仍在自己的轨迹上奔走。

总之故乡这个概念，在我这里，是彻底的淡化了。本来，父母也不是这里的土著，是随着历史的洪流移民到这里的，故乡，并没有葬过我家的血亲，更上一辈，葬在祖籍。故乡的土，是不亲的。说到这里，自己也混淆了，这里到底是不是自己的"故乡"？就叫作我小时候长大的地方吧，从出生到18岁我离家前滋养我的地方，在南方海浪轻摇的孤枕边无数次梦回的地方。

故乡，是我们终要离开的地方。

寻味关中

陕西关中地区地势平坦，气候干旱，水果却是格外的甘甜味足。除了温差大使糖分积淀的因素使然，还有千年泾渭两河沉积的沃土造就，这是大自然对关中这片土地上的人民的一种馈赠滋养吧。

轻轻地剥下无花果紫色的皮，柔软、新鲜、多汁，有细细的小籽。新鲜的核桃要剥掉苦的内衣，白白的脆肉就很鲜甜。那种像小巧苹果的是沙果，皮薄，水分不足够，口感沙爽。葡萄，拙一些，没那么漂亮。但是皮薄多汁，一粒入口酸甜味道很足。五爪金的黄绿相间的是香瓜，脆甜，中间金黄的瓤绵软而浸透了香甜，是最精华的部分。只有吃到这一部分才能体会"香瓜"的香甜。

至于旱地黑籽沙瓤大西瓜，剥皮吃的水蜜桃，嘎嘣脆的李子，新熟的红富士苹果因为太常见，我倒是偶尔才能想起来尝一尝。甜软的柿子还没有上市，印象中也是便宜得要命，曾经一毛钱买了四个回来，吃了个饱。

早玉米，嫩绿毛豆，淮山样子粗细的黄芯红薯，大蒸锅在旺火上轻轻地滚几滚，就熟透了。用经年的竹编箩盛着，平实的粮食香气氤氲着。随手取食，滚烫；在手里来回地倒，在嘴边轻轻地吹。

关中地区主要种植的是小麦，于是正式的饭食一般是辣油旺葱花足嚼劲儿韧的面食。没别的菜配着，就是一人端一个实惠的大海碗，滋味简单却直击味蕾。陕西女人暗自较劲儿的要强性子在那一碗碗被揉搓的弹性十足的面食上就可见端倪。

农闲时节，面食就更讲究起来，臊子面、biangbiang面大家耳熟能详，滋卷却是巧妇才能做的。滋卷名副其实，是一种特有滋味的卷儿。调和好菜馅儿，一般是韭菜鸡蛋馅儿铺在擀平的面皮上，这要把面揉搓、擀匀，变成精薄的、柔韧度极好的面皮才行。面皮中挖个洞，然后向四周卷起馅儿，最后卷成一条"蟒蛇"样的大卷儿，再切刀。然后上屉蒸好，蘸着油泼蒜辣子吃，奇香无比。

麦仁粥里随手扔些豆子，稀烂黏稠。罐罐馍，白而有嚼劲儿。据说罐罐馍最传奇的是用"砂子面"做的，那个劲道，那个口感现在是失传了，因为那个磨砂子面粉的磨在民国战乱中被盗走，再无此味儿。

吃馒头稀饭会配些凉菜：醋粉是用发酵醋剩下的料头蒸熟调拌而成，类似凉粉、凉皮的做法；爽脆的莲藕，盐水煮的大粒花生用底浅口大的瓷碗盛着，是简朴常见的寻常饭食，也是男人喝酒胡吹时的佐菜；至于肘花皮冻子、油炸干辣子，那更是不拘外道的下酒菜，要喝一宿的。

　　都说关中男人恋家，关中女子也不爱外嫁，是不是跟这个饭食儿豢养出的胃有关？

公园印象

孤坐在公园的长凳上。

对面是一排健身器械，此时空荡荡的，夕阳将它们孤单的线条斜斜地画在地上。

原来这一隅是片空地，开着黄色的微小的野花。有野猫在里面潜伏，并亲见它闪电般捕获一只振翅欲飞的小鸟，衔在嘴里，用有点忧郁的目光回望了我一眼，转头钻进矮灌木。开阔处是一片荔枝林，替代林中泥泞小径的是一条平坦的水泥路，为了屈就这条拓宽的路，粗大的荔枝树杈被截断了些许。

这是一个修葺过的公园。窥视野猫捕食的隐蔽乐趣连同野草、泥泞一起被清理掉了，也鲜有机会把鞋子弄脏。

荔枝林中的白色鸟儿嗖地飞去湖区，一个低掠，惊散幽绿色湖中的锦鲤。肥大的鱼儿复又拥挤着，时而笨拙地跃起。"宽宽河里有大鱼，大鱼身上好多泥"，我想起小时候念的歌谣。垂下的柳枝和从前一样，像只大手般，抚触着堤岸，来来回回，像时间维度的钟摆。

公园的一侧是祠堂，是这个富有的城中村村民集资修建的。雕梁画栋，繁复奢华。体面霸气，但不优雅。就像这个公园，看得到修葺，看不到气质。

人们在这里繁衍生息，条件允许时总试图留下建筑，标示文明和内心的信念。但又淡若微风，早晚会被抹去，丢弃。

一群暮归的小孩子，是在假山瀑布那边的浅溪捉泥鳅了吗？孩子的手上捏着一个小小的捞鱼网纱。还是去荔枝林边摘熟透的"黑星星"了？那是一种小而甜的浆果。他们的嘴角还挂着被浆果染得黑黑的痕迹，显得心满意足，这公园俨然就是他们童年的百草园。

公园的门口，有黑色的石头水牛牧童雕像。村中还有一头极大的铜牛，但是，是下死力的拓荒牛，不及这牛的亲民。水牛经常被触摸和攀爬，它的周身显得很濡滑。牧童脸颊圆润，笑眉笑眼，拿一根标志性的横笛。不关乎野心，只关乎风月。

一切都是崭新的。

又见炊烟

人的记忆有时候是惊人的。我记得那个下午那次野炊的全部细节。

人物：12岁的我、12岁的张志红、我当时的死党——黑妞（我们的跟班，比我俩小点）。

我们长大的那个小地方，没有什么公园，工厂里大人散步、小孩消食的路线就是那么一条去往"三里河"的康庄大道——其实是条坑坑洼洼的石子路。

那天是个星期天，我们商量着要去三里河，并且是去野炊。因为刚学了描述红军过草地的《金色的鱼钩》那篇文章，我们都觉得在野外架锅做饭烧汤是多么令人神往的事儿，甚至想知道野菜根汤是个什么味儿。

于是，我们带了锅、碗、筷、火柴，准备出发。原料是要在野外获得的，所以这就算齐备了。黑妞不干，说要吃面条，不吃面她吃不饱。又往书包里塞了一匝挂面，是绿色的菠菜面。

　　我们三个野丫头，背着书包——不对，那个时候已经不流行背书包而是挎着，兴高采烈地说说笑笑地走着。因为三里河距离我们工厂大院没多远，不久就走到了。当时是秋天，草一丛丛枯萎成黄色，我们选择相对干燥的上游，准备架锅做饭。三里河其实就是条小溪流，浅得连洗衣服都不能。我们观察了一会儿，觉得抓到鱼的可能性不大，原来也就只见到过蝌蚪和癞蛤蟆。不用说，那水也是不能喝的，别急，离三里河不出十米处，有个泉眼，还被修葺成了井。我们常常走得累了渴了，就去那泉眼处，拔掉木塞，接那清冽的水喝，啊，比农夫山泉好喝多了，也是有点甜。最有文化气息的是石上刻着四个古朴的大字：饮水思源，和那些挑水的粗陋汉子形成鲜明的对比。

　　张志红打了干净的泉水回来，黑妞拣了干燥的树枝。我负责搭灶点火。因为我在家常点炉子——那种北方烧煤的炉灶。我先用纸引着小木柴，再往炉膛里添一锹煤块，放上水壶，按一下鼓风机。火苗烧上来再放一些煤饼（煤块是不多的），关掉鼓风机。把火压住就可以从从容容地淘米洗菜了。而野外是没有这些的，我只有用火柴点树枝，用嘴巴一下下吹，难度不小于原始人的钻木取火。

　　很快，我就冒汗了，不是被火烤的，而是火柴用去大半，火还没点着，急的。随着火苗燃起，我们不断地叫嚷着，又随着它的熄灭而叹息着。剩三根火柴，两根火柴，一根！差不多认为这篝火是注定没戏的时候，最后一根，竟然燃出了稳定的火焰。我们欢呼着，小心地呵护着我们的火苗。

　　水是烧上了，鱼汤是不奢望了，吃什么呢？幸亏带了些面条。下到锅里，白水面条，总有点单调，我们看见河边湿润的地方长着常见的三叶草，嫩绿嫩绿的，有点像现在的豆苗，就起了吃心，摘下洗了扔锅里，搅一搅，可还是觉得缺点什么。

这时张志红从兜里掏出一包牛肉干，还是麻辣的。她姐姐嫁到市里，经常买一些稀罕东西回来。不由分说，牛肉干立刻充公，我抢过来，咬开袋子（那时候零食袋不像现在这么高级，有拉口的地方），全部倒入锅里，连汁都一滴不剩。这下，面汤有了红红可爱的颜色和绿绿的野菜，面条真香！

真的，再没有吃过那么好吃的"牛肉野菜面"了！

我们吃饱后，在"饮水思源"打了水认真地洗了碗，认真地熄灭了灶火，还顺着溪边玩了会儿，直到暮色降临才回去。

时光呼啸，一下子将我拉回现在。在城市里安了家，喜欢去海边沙滩上烧烤，在鸡翅膀上刷油，撒调料，喜欢烟火气，喜欢等待食物熟透的过程，喜欢那种原始烹饪的香气和大快朵颐。如果现在的孩子去野炊，可能会带香肠、面包、碳酸饮料、果汁、一次性碗筷、野餐布、小点心、酒精炉，甚至食谱？那是没有难度的玩法。

故乡的三里河污染了吗，"饮水思源"的泉水有没有干涸？我的玩伴们如今人在何处，有没有像我一样忆起我们的那次野炊？

桂林米粉之恋

桂林我还没时间去，桂林米粉却吃得"槛精"，而且全部都是在深圳吃下去的。

回首刚刚来深圳的时候，廉价的、有汤有肉有菜的桂林米粉给了我冬天里温暖和满足的感觉：滑溜溜的粉、酸菜末、炸花生、软烂的牛腩或筋道的肉丸、厚重的汤让我觉得最先接受深圳的是我吃得很舒服的胃。

曾经有一个长得很斯文、白净的男同事，中午的食谱总是盒装牛奶、肉松包。冷冰冰的脸嚼着他冷冰冰的午餐。我那时已经把中午的桂林米粉发展成为"企业文化"的一项，在交流彼此那份米粉中的花生、酸菜、肉块时传递彼此的友谊。那时每个中午的用餐时间里，桂林米粉特有的酸笋味道就在空气中流窜。一次听到那位男同事喝道："什么味儿，真让人恶心！"一个"嫌疑人"回头望了他一眼，说他已经是一副忍无可忍的表情了，我们却都伏食如故。抱歉的是他不久就辞职而去，不知同桂林米粉有关否，毕竟味道也是种物质，"道"不同，不与之谋也。

我厌倦桂林米粉是在跳槽后，新的工作地点聚集了深圳半数以上的酒楼、食肆。最主要的是老板慷慨大方，又有"增强团队精神、凝聚力"的理念。隔三岔五的饭局：有员工生日了，父亲节了，万圣节了，植树节了……也别说，离开那家公司有几年了，但那班同事无论如何颠沛流离，见了面都亲得不得了，还有道不完的柔肠百感，铁一般的感情还真是吃出来的。

后来公司倒闭了，我着实难过了一阵。原来该公司只是海外总公司资本运作的一颗棋子，使命使然加之行政费用过于庞大……反思了吃桂林米粉和吃大餐的区别，明白了什么叫虚假繁荣、泡沫、本末倒置和其后果。我安慰自己说，哲学说事物的上升总是呈螺旋状的，然后咬着牙挤在熙熙攘攘的人才市场里递简历。

人说，吃什么，什么就是你。来深圳多年了，兼容并济的这座城市终于让我修炼到可以气定神闲地在一家自己真正喜欢的食肆里享受美食：可以是小小的奢侈，可以是地道的风味，当然少不了帮衬正宗桂林米粉店——无论置身何处，我的胃让我知道自己是谁。

日本味儿

不知道什么时候，我们的胃渐渐被日本料理征服，喜欢吃清淡爽口的寿司，让你感觉不到自己在吃碳水化合物和脂肪。喜欢刺身，柔软鲜美的鱼肉蘸着芥末和酱油，是在炎炎夏日也可以大快朵颐的绝美品味。万菜屋的日本料理，我最喜欢的是烤青鱼。本是很便宜的鱼，去头去尾之后烤出来，肉质瓷实紧密，像上好的鱼的样子。鱼周身没有一点多余的油渗出，一筷子鱼肉搭着点萝卜泥，一口下去鲜香无比。

万菜屋是深圳较为地道的日本料理餐厅，和很多新式网红餐厅不同，万菜屋低调得找不到，没有过多包装，榻榻米式小包间，和氏风格。东西价格不贵，但是在这里可以品尝到食物本来的味道，通常一碗白饭都格外的米香四溢，软糯好吃。还有茶泡饭，简单得不能再简单，点睛的是饭里的柴鱼丝和星星点点的梅干肉。

日式料理也有些油炸食品叫人想念，例如堂本家的猪扒饭，炸得脆爽的金黄色裹粉包着粉嫩的里脊肉加上酱油和现研磨的芝麻粉蘸料，口感纷呈，味蕾都被调动起来。还有天妇罗，据说原来是江户时代类似于街头流动车卖的小吃，靠香飘万里来揽客。因为日本人怕火灾，一直看不起这种只有下等人抗拒不了诱惑才吃的玩意，直到一位将军疯狂地喜欢上了天妇罗，它才堂而皇之地走上日本料理的菜单。天妇罗就是蔬菜裹着面粉和蛋液去炸，没有花哨的技巧，没有复杂的工艺，只需要控制好油温，黄澄澄的天妇罗就出锅了。天妇罗是秋冬时的必点，带上孩子一起吃天妇罗，也是哄骗不爱吃蔬菜的小孩子的妙招。

又便宜又好吃的还有炸三文鱼骨，也是我的必点。

天热的时候，吃荞麦面，天冷的时候，吃乌冬吃拉面，都是我的最爱。

那么爱吃日料的我，在去日本旅行前曾无数次提醒自己别吃得太胖回来，去之后却嫌吃得寡淡，四处找"老干妈"下饭。原来日本人甚少吃辣，餐桌上几乎看不到辣酱或者辣椒油，偶尔有一瓶辣椒粉，只是呛，完全不辣。日本的辣椒是从中国舶来的，叫"唐辛子"，例如北海道才有的"地狱拉面"，就是加了大量的"唐辛子"。在日本，辣不是特别主流的味道，他们的传统核心调味品是味噌和酱油。在国内，以川菜为首的麻辣味儿、湖南菜的香辣味儿、陕西的酸辣味儿培养了我们的味蕾记忆，辣是上瘾的，一顿不吃可以，三天不吃心真的痒痒。

一次在吃火锅时，遍寻辣酱无果，只好就着酱油吃。说起日本的火锅，跟中国的现吃现涮不同，菜都是整齐地码好在锅里，据说有强迫症的日本人连吃火锅的顺序都有一定之讲究，先吃哪样，再吃哪样，再喝汤，再吃……静下心来慢慢品味日式的火锅，也蛮有风味。猪肉爽口、"甜不辣"Q弹、蟹肉棒货真价实……日本酱油的鲜和咸融合得很好，是彻底发酵过而非勾兑的感觉，细细品，日料的诚意就吃出来，主菜与配菜、汤汁与调料的配比都刚刚好，不过不多。味道在辅佐食物变成美味的过程里，具有魔术般的效果。

不过最典型的日料还要属"定食"，各种小菜不多不少，营养全面，又丝毫不会浪费。其实从日料文化中可以看出日本人经历过物资拮据时代，他们通常没有花哨的厨艺，但对哪怕一个粗粝果腹的食物也深怀敬意，把最简单的、最普通的食物精心搭配，精心到了一定程度，就发生了质的飞跃。就像一个朴素女孩子却有着优雅的姿态，于是让人越品越有味道，越看越喜欢。

在日本吃到的水果不多，无非是餐后的果盘、便利店的单个香蕉。却有一次在车里看到路边的桃树，于是果断下车，到田间地头买到了大水蜜桃，100日元一个的，是我所吃过的最最好吃的桃子，又大又水又甜，站在路边桃皮一撕就吃起来，比孙悟空偷吃蟠桃还过瘾。桃树就在村子的路边上，沉甸甸红白相间地压满枝头，看不到任何围栏。果农摘了一些卖给我们这些远道的游人，他还有一些略小点的桃子却说什么也不卖，我们说"不介意"，他却连连道歉，坚持说"不足大"的怎么也不能卖，颇令我们诧异，这是傻还是一根筋？还有葡萄，都紫嘟嘟了，可是果农还是说要等几天，我们知道拗不过他，于是没吃到，这是勾引着我们再去啊。

日本的美食可谓是"使一物各献一性，一碗各成一味"。美食简单，但要知其精妙必是要了解美食背后的文化、风土，正如《随园食单》开篇所说：学问之道，先知而后行，饮食亦然。

南归

飞在山水间 / 跨越千万山 / 我是一只雁 / 但愿山河宽。

人生总有一个阶段特别缺钱。我在内地一所外语学院毕业的前半年，就开始上班了。大学的三年，我也是东跑西颠打工赚钱贴补我的生活费。我父母是退休工人，家里还有面临巨额彩礼的哥哥和婚姻不顺利的姐姐，我能做的，就是尽早独立。

那时候职业介绍所在大学周围发卡片，我有了面试一家私立小学的口语老师的机会。我了解到学校要求很高，基本上招的是外教，所以人家问我待遇要求，我笑笑说，都行。这也许是我被录取的真正原因，可对于我来说，这份工作是一个起点，我终于上场，有了跑道。

从小学开始学习英语口语是这个学校的特色，但那个时候还没有针对小学生的口语教材，别的教师备课是抄旧的现成的教案，我自己是现编现卖。对于小学生们，如果你有一刻不能吸引他们的注意力，那就会面临麻烦，这个我当家教的时候领悟到了。

　　我选的词汇和短语都是围绕孩子们的生活来的，起立、坐下、敬礼、礼毕、向左转、向右转，还有今天吃的东西等词语，不知不觉孩子们就背下来了。等他们有点基础，我把童话故事变成小话剧，还有几十首英文歌。我每晚写教案都写到半夜……孩子们课上都成了小明星，轮番上台来表演，他们很开心，孩子们甚至跑到校长那儿要求多一些口语课。想一想，我也是无师自通，这不就是生动有趣的"情景教学"吗。

　　那时候国内的英语教学还是比较落后的，用"teacher"来称呼老师，我告诉学生们这是不对的，你们就叫我"Miss"，加上我的姓就对了。我一天至少有三四节课，还不算要照看的早晚自习班。返聘的老教师们"德高望重"，使唤我们年轻教师是顺理成章的，让我们帮忙做些抄写绘画、提水打饭的事情，顺嘴说说学校里的是非，哪个年轻老师跟董事长走得近啦，哪个老师课少待遇高啦，哪个老师水平差但会拍马屁啦……我听着不知道该说什么，也不敢不吭声，甚是尴尬。生活老师（学生保姆）也使唤我们，一有搬东西啊、换被罩啊、晒被子啊等体力活就会叫上我们。

　　这些孩子都是住校的，一周接走一次，平时是出不去校门的。有的孩子俨然已经把我当成他们的朋友了，央告我出去帮他们带份烧饼或肯德基吃。有的孩子把家里的事情都告诉我，一个看起来活泼开朗的三年级小男生没有征兆地拉住我说，Miss Yang，我父母离婚了，说完流下一行眼泪。我知道这是孩子们的信任，学生的信任是老师成功的第一步，没有信任，谈何教育。

还有一个女孩，周末无人接，晚上睡觉害怕，找在校住的我做伴儿。有一次她把心事跟我说，Miss Yang，你知道吗，我妈妈乳房里有几个硬块。我说那去医院了吗？她说我妈妈说等硬块再长大一点，钱再攒多一点，就可以去了。说完她若无其事地睡着了，我却怎么也睡不着了，原来上私立小学的孩子也不都是有钱人家的孩子啊。

那阵子社会上一直流传要发生地震的小道消息，时不时就会有人来通知我们晚上睡觉的时候不要脱衣服，口袋里要装几块水果糖等，不言而喻的是：万一你被压到废墟下了，还有点儿希望。

有一次，我被一个生活老师叫去学生宿舍里套被罩，她是学校里生活老师中的优秀典型，她三十来岁，说话利落性格泼辣，平时也是最爱使唤我的。那天宿舍里还有一个发烧生病的孩子，校医给他吃了药，他可怜兮兮地躺在那儿睡着。我跟生活老师扯开罩子一起套被罩，正忙着，忽然间她脸色一变，丢下手里的活计，一个箭步跑了出去。我莫名其妙地跟了出去，只见她嗖地消失在走廊的尽头。正纳闷的时候，忽然就传来撕心裂肺的哭喊声：地——震——了——

我赶紧折回房间去抱生病的孩子，那小胖子很重我抱不动，于是我扯着迷迷糊糊的他，裹着被子就往外跑。我想，有个被子，即使有什么砸下来也不怕。从一楼的宿舍到操场上，我感觉那么远。等我们到操场上，看到已经站立着很多如惊弓之鸟一般瑟瑟发抖的师生了。那一次没有实质性伤害，就是有震感，我迟钝，对于摇晃一点也没有察觉。这时只顾自己逃生的生活老师走过来，这会儿她想起来了，时不时摸摸孩子的额头，我真想推开她质问她。看她那还装模作样的样子，就这人品，还配当老师？

地震事件不久后，我又获得一次面试机会。我已萌生了"走"的念头，便接受了这次面试。

进了办公室，里面云山雾绕的，奢华的大班桌上有尊玉色很润的弥勒佛。大班椅上坐着一个有点富态而又颇为英俊的中年男人。叫江陵，第一次见到这样的姓和名，很是仰慕。或者说是被他的气场震住了，激发出自己的超强表现欲，江总也对我很满意。于是我辞掉了老师的工作，来到这家看似财大气粗的外贸公司做资金部文员。

离开学校的时候，几个孩子还跟着我的的士跑，喊着"Miss Yang""Miss Yang"。他们不是说"再见"，而是本能地跟着车跑，不停地挥手。那时我想当然地认为不管他们长多大，再见也应该能认得出，可是一别后就再也没见过这些孩子们。

同时招聘进公司的还有另外两个女孩。黄黄的皮肤，肿眼泡，爱笑的叫谭灵杰，已经结婚，佩戴着细细的"三金"，是流行铂金。另一个女孩留着齐耳短发，小眼睛，圆盘子脸盘，还有点儿腮帮子，但是她一副见过世面的样子，短裙套装、公文包显得老练世故，她叫王源。

资金是什么概念，资金部是做什么的，我根本没有任何概念。就知道是跑银行的，而长这么大，我几乎没去过银行，没有存折，没有银行卡。江总让我们跟着经理跑。

经理叫郭之雄，40多岁，面嫩，看起来就30岁。这个经理有点不着调，据说成天就是晚上打牌，白天失踪。对"带"我们这三个女孩的事一点儿都不在意，似乎就是任你去自生自灭。上班第一周，我们只是在办公室里坐着。

后来郭之雄首先垂青的是王源，可能带她出去比较有面子吧。于是我也买了布料跑到裁缝店里给自己做了一身"套装"，一共花了不超过100元。去商场买衣服是没有这个钱的，我还记得那身套装是翠绿色的，想起来真是丑得惨不忍睹。

公司的业务渐渐多起来了。我每天穿那身套装在办公室里晃，好像也没引起郭之雄的注意。谭灵杰的心态很轻松，忙着跟同事聊天说笑，有老公的女人就是不一样，有底气。就这样，又过了一周，我终于忍不住了。下班的时候我跑到郭之雄的办公室，直截了当地问他，为什么不带我出去？我到现在什么都不明白！这样很不公平！

看得出来，他吓了一跳，他觉得很好笑似的看着我说话，然后慢悠悠地来了一句，真不明白你当老师当得好好的，跑这来干吗？接着站起身来，把一个钥匙递给我。

我睁大眼睛看着他。他笑了，说别怕，这是我办公室钥匙，明天给我打扫办公室吧。我起了大早，带着抹布，用钥匙打开了他的办公室的门。认认真真地擦拭办公桌，清洗烟灰缸，整理文件，倒掉垃圾筒。我记得烟灰缸里至少有40个以上的烟蒂。抹布洗了无数遍，这个办公室的确需要打扫。看着焕然一新的办公室，我没有任何屈辱感，带上门，悄悄地，似乎有了一个小秘密一样回到自己的座位。

从此，郭之雄开始带着我一起跑银行。只见他熟络地跟银行里的人打招呼，柜台和铁门根本挡不住他，他只要露脸，银行里的人就无比自然地帮他打开门，进入只有工作人员才可以进入的领地，拉着家常，打着哈哈，就办了事。这时可以看到正常办事的人的队伍根本就没有移动过。

这一般是办理买汇卖汇的。郭之雄低声告诉我什么颜色的水单是做什么用的，但是我当时似懂非懂，只记得什么外汇局，什么核销之类的外星词汇。但是我也见识了我们公司跟银行的人的确很熟，的确有路子，接下来也有机会跟银行的人一起吃饭。

王源也开始跟我越走越近。王源不算好看，但是她的打扮言谈举止时刻昭示着她一点也不简单。她有着超乎年纪的成熟，懂时尚，穿名牌。我们一个月不到一千元的收入，我要用来租房、吃饭、穿衣、通讯……可是这点钱对她来说，好像不过是一时的零用。

她带着我去市里最高档的商场"世纪金花"。当时里面几乎都是舶来品，是普通商场难以企及的高端、新奇、昂贵货。王源带着我在一个意大利牌子的女鞋专卖店里，面不改色地指挥售货员一双一双帮她试着那些单只都超过我们月薪的鞋子，我慌乱地站得远远的，不知道怎么收场。但是王源情绪高昂，一会儿叫我帮她看看鞋子在脚上前面的效果，一会儿要我帮她看侧面的效果和后面是不是"收脚"。我搜肠刮肚地找些词来，几乎都是溢美之词，是啊，都2000多一双的鞋子，你还挑啥啊。随便一双都美得不舍得走路了。但是她好像总是不满意，总能准确地指出一点瑕疵，让人无可辩驳，终于她最后轻松地用一个有点儿遗憾的表情结束了这次试穿。我们离开，售货员在我们身后鞠躬："欢迎再次光临。"

我松了一口气，接下来王源就像个导游一样，神气活现地给我指这个叫什么牌子，那个叫什么牌子。我还依稀记得她半中文半英文的发音：纪梵希、古驰、登喜路……

她就像 Prada 女王那样不由分说地走向前，我只得跟上去。下扶手电梯的时候，她有点儿感慨地说，最向往的生活就是可以随便买任何喜欢的东西，然后还有人给拎包。

我最向往什么？离家独立生活的我，最向往的就是归家时分的万家灯火里有一盏灯是为我点亮的，不用我在黑暗中摸索开关。

后来听财务说，王源没钱，经常跟公司借款。

财务叫仇大姐，又是公司的后勤，又像是 HR，又相当于综管，乱七八糟的事都找她。仇大姐有 40 岁左右，姓仇，可是长得一点也不苦大仇深，相反一脸的喜相，经常跟我们嘻嘻哈哈。

仇大姐说王源没钱我们都惊诧万分，没钱她总换手机？没钱她那么多衣服、那么多包？没钱她去旅游？她还曾因为旅游请过一周的事假呢。佛说不听不见不烦恼，这下，我们对她除了好奇、敬佩之外又加入了一种说不出的感觉，她可以把公司的保险柜当自家银行？

谭灵杰听了这事儿也挺激动的，酸了几句后又开始推销某直销的产品给同事们，她经常拿着一管什么东西，对我们说这个牙膏才 70 多块钱，多——便——宜——啊。她的语气之肯定，态度之暧昧，让我觉得这不是什么70多块的牙膏，而是货源奇缺的白送的牙膏，而且是管神奇的牙膏，用了之后就断牙重生，黄牙变白，齿如编贝，嫣然一笑百媚生，70多块算什么钱？小菜！

有一次她感慨地对我说："如果有一天我发财了，一定是因为卖这个产品。"

这么多年过去了，谭灵杰也没发财，只是安静地做了两个女儿的母亲。

虽然我没贵重的衣服，但跑了几次，流程和人脸也就熟悉了，我英语底子在那儿的，看个英文合同什么的不是问题，写各种进口申请函信手拈来。还有一项重要工作就是模仿郭志雄把自己也当银行的人，没事就去套近乎。随便一个信用证都是几百万美金的额度，所以流程中有微小的推动，我都会很开心，就是充实欢乐的一天。

由于我天天泡在银行，银行经办人都下意识觉得我们的单是不是压了很久，于是一次疏忽，在我们没有付保证金的情况下就将一个信用证开立出来。这种好事我第一时间汇报了江总，他大为惊异，最后确认无误后喜滋滋地说，这下他们要跟在我屁股后面要钱了。果然银行人的电话打过来，低声下气地要保证金。他调戏了对方半天，才应承下来。

自此江总对我完全刮目相看，直接奖励了我一部手机。那是我人生中第一部手机，红色的，爱立信的翻盖手机，广告里就像蝴蝶一样在天空中飞来飞去的小精灵。

江总是个挺帅的中年男人，原来是打篮球的专业运动员，做上外贸这行，据说做啥赔啥，可就是因为跟银行的人关系处得好，很善于给公司找钱和资本运作，于是一下子从底层业务员到自己开公司，做得风生水起。但他还是请原来的老板来坐镇，态度尊敬有加。

他吃穿用度相当的讲究。他的三菱越野车永远是一尘不染，他的衣饰都是国外的牌子，他的手表款式很简洁但一看就是贵价货。我曾亲眼看到他在银行里耍宝。江总的一个老相识就曾说起江总学猩猩学得特像，大伙起哄让他学一个，他毫不扭捏，立即蹲下垂着双手，腮帮子吹得鼓鼓的，捶胸顿足一扭一扭地走，丰满的屁股快磨到地板上……看不下去了，不过确实是惟妙惟肖，他是真的拉得下脸。从另一个角度看，老板必然有他的过人之处。

江总经常给我交代一些不大不小的事情去办，所以繁忙的我只好把钥匙还给了郭之雄，因为我没时间再为他打扫办公室了，我自己的桌子上都是一片狼藉，他哼了一声，不置可否。

西稍门那边有家"万紫千红"酒楼，鲍参鱼肚，一应俱全，交通又方便，是邀人吃饭的好"据点"。一天郭之雄带我去办理一个承兑，还有一个女的，是郭的旧相识，她在里面有几个点的手续费，所以她一直跟着。按说不难办，年底了，各家银行只要有额度的都往出放，可是郭之雄非要张罗着吃鱼，还是鲍鱼。于是我们就去了万紫千红。

席间，郭拼命地推销我，先是授意我去敬酒，还扯起来年轻女孩喝酒是一个天生的本能，根本没底儿，这不是胡诌吗？立即，我就成了众矢之的，那些人就是师出无名非要找个名儿。

这个场面年轻气盛的我只能硬着头皮上。

宴席结束之后，我醉得完全回不了家，被拉回公司司机休息室睡着，直到第二天我制造的一屋子酒气惊动了公司老总们。领导的关怀又波及我的住所，江总交代仇大姐在公司附近找了一个小套间以公司宿舍的名义租着，每月租金300元，我搬过去后步行五分钟就到公司了。

在这个陌生的城市里行走，时时刻刻能看到自己的内心。慢慢地，我也有几件"贵价货"了。在这个环境里久了，我也沾染了他们的审美，或者是一种妥协，一种保护色。

谭灵杰是彻底被边缘化了的，她总是推销也让人反感。碍着面子买一两样的主顾就被她画了圈圈，贴身攻势和反复劝说。大家对她的轻蔑她却一点也不在意，这是她的好处。要是我，非口吐鲜血而死。王源最近好像在谈恋爱，但是对方是谁，我们一点儿也不知道，她保密工作做得极好，只是看到她的情绪在起伏，她的行头也在不停地变换。

又过了一阵子，不仅仅是公司，即使是大街小巷，你也能随时听到人们在议论股市，每个人都是打了鸡血的专家，各种术语漫天飞。大盘的稳健使得炒股不再是一场硝烟弥漫、杀气腾腾、血肉横飞的战争，而是老少咸宜，妇孺皆宜的全民运动。仇大姐跟我说不用很多钱，有个一万块就可以买几手。我始终没有凑够一万元入市，每次存到了这个数，就会有事情出来用掉。一次是我哥结婚，一次是我妈生病。我落寞地看着她一头扎到股市如鱼得水。王源呢，肯定是先行者，似乎已经发财了，到处介绍着成功经验。

　　郭之雄的变化也挺大的，他是个四川男人，是个"耙耳朵"，公司距离家也挺近的，可他一天到晚晃晃悠悠地骑个摩托车代步，热衷于在家做饭接孩子。可是几个月前，他忽然跟公司申请了辆汽车代步，且不要司机跟着。

　　一个热浪滚滚的大太阳天，我步行去建行交资料，大概两三站路吧，没什么公交车坐，只能走着。在一个陌生的城市谋生，唯一的竞争力就是父母告诉我的：要勤快，要卖力。

　　正走着，只见对面驶来一辆崭新的白色雅阁，停在身边。继而郭之雄的脸出现在摇下的车窗里，对我说，建行？

　　是啊，郭总，我们顺路吗？

　　他说，你最近不错啊，江总多次表扬，以后跟你混喽！我上车落座，郭志雄阴阳怪气的。

　　我赶紧说那是您栽培得好！

　　还没享受多一会儿，忽然一个猛刹车吓我一大跳，怎么了？

　　原来是王源在路边招手，而郭开始没看见，差一点错过了才在后视镜里发现，就直接一脚刹车下去。

　　接着王源上车落座，很自然地落座副驾位，对着郭之雄发脾气，说道：人家开车都是眼观六路耳听八方，我十米外都看到你了，对着你招手，的士都停了几部在我面前，你愣是没看见我？

　　的士挡住了你嘛。郭之雄好脾气地解释，接着说，你回公司？

　　对啊，从老王那儿回来，扯了半天才给我把申请递上去。热死了，赶紧回去……

郭之雄就真的找地方掉头回去了。敢情他们直接无视我啊，好吧，谁让我蹭车呢，不过反正还有时间，那我就跟着兜吧。

王源拉下遮阳板化妆镜，仔仔细细地在自己脸上审视，又拿出口红补妆。

我没话找话说了句，源源口红颜色真好看。

她终于发现了我，从镜子里瞥了我一眼，说，你们一起出去的？

不是……还没等我说完，郭之雄就抢着说，哪是，我捎她一段，我去办点儿事儿，还要赶回来盯盘呢。

王源从包里拿出一样东西塞到郭放在一边的小包里，说这个你先吃着吧，不许给别人吃，哼。

好不容易她下车了，然后我被拉到建行门口，郭之雄一脚油，绝尘而去。我感觉到一阵不自在，王源这口气完全就是在撒娇，而郭呢，照单全收。我有一种很不好的预感。

十年后，我从别人的口中证实了这件事。但只是事情的后半段：王源去找郭之雄的老婆摊牌，颐指气使地告诉人家："没有爱情的婚姻是不道德的。"这像她的话，她一直巧舌如簧，没理的事儿也能说得很有底气。后来郭之雄如她所愿地离婚了，但是郭离婚后，第一时间找了两个烂仔，在他们租住的房中打得王源跟猪头一样，又把房里置办的东西都搬走了，原话是"连一卷卫生纸都不剩"。这也符合郭之雄的性格，面白阴骘。

在这个公司里，我总有不确定感和不安全感，我常问自己，我们做的事情是有价值的吗？不像原来当老师的时候身累心踏实，现在我能得到什么？待遇是比原来好，关键公司有很多福利，节假日什么都发钱，大家一撺掇，钱就发下来了。还有衣服化妆品，只要有业务发生，公司也给报销。更不用说无数次聚餐，都是在高大上的场合，金齑玉脍、玉粒金莼噎满喉，酒不醉人人自醉。有人说江总大旗拉起来，是花钱收买人心的时候。而我觉得那俗话说得好，花别人的钱才大方！不过这也轮不到我来操心。

公司来了一次大清账，要把往年的借贷情况都整清楚。每人一沓单子要到相关银行一一核对，我建行这边账目不多，人又熟，很快就清楚了然。正在窃喜中，郭之雄跟我说王源那边的账目太多了，要我去"协查"。我只好答应下来。

跟王源一起我是真不愿意的，就像我们一起逛街，她总喜欢让别人帮她拿东西提袋子，她自己一会儿接个电话一会儿弄弄头发，反正她的袋子永远在你手里，也没个"谢"字。但是每个企业或者组织里都有这样的人，干活一般，嘴巴会说，好事赶紧上，锅给别人背。

次日王源带我去对接了一个工作人员，于是我就挤在人家办公室的一堆账本跟前昏天黑地地查，每笔都要算很多次才敢确认，一抬头都快下班了，王源早已经不知所踪。去洗手间，路经一个闲杂科室，听见王源在里面发出银铃般的笑声。我觉得自己又像是跟她逛街的时候，替她拿着一堆袋子，跟在她屁股后面跑，凭什么？

第二天她又催我去工行，我说手头有事不去，她确认我不是说说而已，就立马翻脸了，到隔壁房间找了郭之雄"反映"情况。郭之雄气势汹汹跑来质问我有啥去不了的理由？我说，有文件要整理，有计划要写。他说都不急，你先去工行。我说不去，就是不去。郭暴怒。谭灵杰给我使了几次眼色，意思就是要给郭面子，很多同事也闻声而动，跑到资金部来看热闹。司机都跑来故意有点儿落井下石地问，还去不去了？眼神里都掩不住看热闹的兴奋。

我抬腿就走了。我在街上胡乱地走着，不想回家，又不知道去哪里。谁知那么一转身，赫然看见有个醒目的小门面，在陈旧的小巷中突兀着。地中海风格，蓝白相间的拱门，细纱墙面，墙角线和门前小径铺的是椭圆的卵石。拱门上有一块云朵样的招牌，"南飞雁书吧"。我仿佛被雷电击中了一样，愣了半晌才推开书吧的门，木质白色门把手上挂着一个云朵形的"正在营业"牌子。

里面的音乐流淌出来"走在山水间／跨越千万山／我是一只雁／但愿山河宽"。

第二天我没事人一样去上班，心里已经储备了足够的力量去对抗这一切。我一言不发，对着电脑打"辞职报告"，我仿佛看到情绪激昂的马丁·路德·金，我仿佛是正在吟诵的诗人，正呼吸着麦田里自由微醺的暖风。

多年后我在微博上看到一条跟江总有关的博文，因为他的名字太特别，也因为他曾说过公司未来要进军房地产领域，看来他做到了。博文如下：

　　7月30日是开发商约定的交款最后期限，当日下午到场等候多时的众业主发现又一次被欺骗，再次拉

着横幅将路堵了——这也是他们唯一能够引起关注并
以期问题得到解决的方式。协商会期间，江某戴着耳
机看视频画面的小举动让部分业主极为不满，大家真
不知道此次协商会会不会又成为耳边风……

这是他做事的方式，依然用编织的关系网来做生意。但房
子不是贸易，不是一锤子买卖，不是货到付款就完了的事儿，
房子是老百姓终其一生积攒的最大资产，这时候，开发商的良
心就特别重要。

大概几天的时间里，我打包好了行李，拿不动的就送给
了邻居，把房门钥匙给了仇大姐。仇大姐说，等江总回来再走
呗？我说不等了。

我买了南下的火车票，呼啸着从城市穿行而过。

多年后，我不再称自己是"南下"，我像是南归，更像是
"逃之夭夭，之子于归"。这里像个杂烩锅，烹煮着天南海北人
的梦，不管你是谁，来了就可以搅和一勺。在这里，仍然发生
了好多故事，但那是另外的故事了。

后记
——愚人手记

生平第一次翻开一张塔罗牌，牌面显示一个衣着华丽的人站在悬崖边缘，他就快要从崖旁掉下去了，而他还是手舞足蹈的一脸兴奋。自小我的内心的确住着一个冥顽不灵的愚人，他让我在人生之旅上左突右撞，剧烈挣扎，使得我常用极难的题目去为难自己。

我们每个人来到这世上走一遭，无不是因爱或必将在爱里完善自己的身心。一个人，只要神智在，终有所爱或者渴望被爱。我对这份爱的索求格外强烈，像一个终生寻找灵药的病人。

多年以后我发现写作是我的药，有时候扮演跌打药，有时候是烫伤膏，有时候是护肝片，有时候是救心丸……庸碌、昏悖、哀伤、灼痛的时刻服用这剂良药总能续命，而享受写作时那一份通体舒畅的自由，在缄默中知无不言，在静止中腾云驾雾，更像是一味"治未病"的补药了。名医徐文兵说，所有感情的问题其实都是动了人的心胞了，没经过心的同意，伤不到你的五脏六腑。多数人为了逃避思考，愿意做任何事情，其实也是一种保命。

集子《聚沫物语》是我近十年来陆续写的文字中挑选的一部分，书中过分专注生活中落樱、流萤、花火的美丽瞬间，因为我乐于赞颂逝去的童年，赞颂那类"谢世当谢于正盛之时"的善缘，赞颂一期一会的一杯清茶……我安心地写着散碎文字，因为这让我治愈。生命的河流终将归于大海，无法挽留；掬水一捧，不期待映月在手，那些散碎的记忆碎末就是我们拥有的最好的生命体验。

而回忆这味补药无香，于我的写作像是些高级食材，必须拿高汤激发，即用时下的心境、眼界勾芡，才可成。回忆又像是一座宝库，打开它就像查看银行余额的心情。但回忆又是朝生暮死的蝴蝶，你必须扑住它。有时候喷发出来的灼热岩浆烙在心口上，你才能感觉到自己顽强的存在，即使是面目全非的存在。

一个人内在精神的力量，决定着这个人是否可以走更长远的路，我携此良药，相信人生从此便会不同。

看，我又愚了。